ESPELHOS

Shirley Souza

ESPELHOS

PANDA BOOKS

Texto © Shirley Souza

Diretor editorial *Marcelo Duarte*	Capa *Marina Avila*
Diretora comercial *Patth Pachas*	Projeto gráfico *Vanessa Sayuri Sawada*
Diretora de projetos especiais *Tatiana Fulas*	Diagramação *Paula Korosue/Estúdio Namie*
Coordenadora editorial *Vanessa Sayuri Sawada*	Revisão *Boris Fatigati*
Assistentes editoriais *Camila Martins* *Henrique Torres*	Impressão *Loyola*

CIP-BRASIL. CATALOGAÇÃO NA PUBLICAÇÃO
SINDICATO NACIONAL DOS EDITORES DE LIVROS, RJ

S718e
Souza, Shirley
Espelhos / Shirley Souza. – 1. ed. – São Paulo: Panda Books, 2022. 216 pp.

ISBN 978-65-5697-190-2

1. Ficção. 2. Literatura infantojuvenil brasileira. I. Título.

21-79177   CDD: 808.899282
                               CDU: 82-93(81)

Bibliotecária: Gabriela Faray Ferreira Lopes– CRB-7/6643

2022
Todos os direitos reservados à Panda Books.
Um selo da Editora Original Ltda.
Rua Henrique Schaumann, 286, cj. 41
05413-010 – São Paulo – SP
Tel./Fax: (11) 3088-8444
edoriginal@pandabooks.com.br
www.pandabooks.com.br
Visite nosso Facebook, Instagram e Twitter.

Nenhuma parte desta publicação poderá ser reproduzida por qualquer meio ou forma sem a prévia autorização da Editora Original Ltda. A violação dos direitos autorais é crime estabelecido na Lei nº 9.610/98 e punido pelo artigo 184 do Código Penal.

SUMÁRIO

Tempo bom lá fora, tempo ruim aqui dentro de mim 7
Meus pais acham que são donos da minha vida 16
Quase duas da tarde no meu relógio do Harry Potter 22
Na sorveteria 30
A noite começa a engolir o dia 40
Um dia pra lá de cansativo 52
Chove lá fora e eu chovo junto 60
Na sorveteria 2 64
Tô mal 74
Ainda é de manhã... eu acho 79
Ôôô lindeza de vida! 84
No shopping 90
O incrível combate contra o Demogorgon 96
O mundo não para de girar 105
Tempos estranhos 111
Na casa da Mara 117
23:00 horas, conectada no celular 127

O mundo anda tão complicado 132

Ilhada na praia 142

De cabeça cheia 148

Tempo de malhar 153

Fim de semana de muito sol e (a)mar 157

No celular, 23:00 horas 162

O inesperado destino de Felipe, o Poderoso 168

Vida em caos 173

Serenidade? PUF! SUMIU!!! 177

O que eu quero? 184

Tempo de refletir 189

Voltas e reviravoltas 194

Catando caquinhos 202

Lentidão 205

Recomeços 207

LIPE

TEMPO BOM LÁ FORA, TEMPO RUIM AQUI DENTRO DE MIM

Eu acho engraçada essa coisa de não se ter certeza de nada nessa vida... Às vezes penso que tudo podia ser mais simples, sabe? Tipo as respostas virem prontas... sem a gente ter que escolher cada coisinha miúda, decidir o que é certo ou errado toda hora, melhor ou pior. Também acho que a gente devia ter um modo *speed* de pensamento para situações de alarme, para que nunca ficasse sem resposta, se sentisse acuado, tipo bicho preso em armadilha.

Mas não é assim que o mundo gira...

O domingo corre solto lá fora. Dia lindo. E eu aqui no meu quarto com vontade de não existir. Tem coisas que simplesmente machucam, não é?

Não dá para explicar, não. A dor que trago em mim é só minha. Se eu for falar com alguém só vai aumentar o tempo ruim que eu sinto em mim. Até porque os outros acham que é bobagem, que não tem importância, que zoação é zoação, que eu me incomodo com qualquer coisinha...

Puxa vida! Como pode ser bobagem o sentimento de uma pessoa?

É meio impossível explicar o efeito que aquela brincadeira boba teve em mim. Não quero ficar remoendo e achando que a intenção do Pedro foi machucar mesmo. O fato é: se foi a intenção, conseguiu; se não foi, conseguiu também. <K.O.>

Estou a manhã toda remoendo a cena e pensando em coisas que eu devia ter dito e não disse.

A gente lá, na praça de alimentação. A Nina e eu trocando ideias mil sobre o filme, a cabeça de nós dois acelerada igual, vendo todas as relações com o game, o que ficou diferente, o que faltou, o que ficou melhor, e o Pedro quietão, até porque não joga e não conhece a saga.

Aí, do nada, quando eu dei a primeira mordida no hambúrguer, ele entrou na conversa:

— Vai com calma aí, Lipe! O cara saiu da gordice, mas a gordice não saiu do cara! Olha o tamanho da mordida do moleque! Meio sanduba em um <u>NHOC</u>! Daqui a pouco tá gordo de novo, quer ver? — e caiu na risada... e a Nina riu também... e tudo secou ali na minha boca. O hambúrguer perdeu o gosto. Doeu mastigar. Foi difícil engolir.

Me senti idiota, humilhado e lerdo. Tentei, tentei achar uma resposta e não consegui falar nada, só sorrir como um boboca. Nessas horas tenho tanta raiva de mim!

Dos 11 aos 13 anos eu fui obeso, e mesmo antes disso nunca fui magro. Então, em minha vida escolar, sempre fui "o Gordo" da galera e aguentei tudo o que é tipo de gozação dos colegas.

Até por conta disso, eu tinha a certeza de que era o cara mais sem graça do universo.

Aí o tempo passou, deixei de ser pirralho, me tornei essa coisa que os adultos chamam de adolescente e resolvi mudar minha história. Comecei a fazer esportes e academia. Foi difícil demais, mas o resultado veio vindo, vindo e meu corpo mudou. Tá certo que não é aquela maravilha, mas mudou.

Quando acabei o nono ano, ainda era um pouquinho fofo. Quando comecei o Ensino Médio, tinha conseguido deixar meu corpo magro. Também... as férias inteiras na academia! Quase virei outra pessoa. As meninas passaram a olhar para mim, e eu até comecei a me achar interessante...

E a vida ficou linda!

Mentira.

Sempre doeu ser o gordo, o bolota, o bola, o foco de piadas da turma inteira. E ainda dói. Estou diferente por fora, mas por dentro continuo sendo eu e não tenho como fugir de mim.

Depois da piada do Pedro, a Nina e ele começaram a falar de música, de nem sei mais o quê, e eu só queria ir embora. Nem comi o resto do hambúrguer e acho que nenhum dos dois percebeu.

Mudar meu lado de fora foi difícil, mas até que consegui dar um jeito. Mudar meu lado de dentro, não sei se quero. Sou eu o errado?

Em tudo quanto é discussão aqui em casa, minha mãe repete que adolescente acha que o mundo tá errado, mas que isso passa.

Horrível isso! Será que um dia eu vou pensar que agir como o Pedro é o certo?

Quer saber? Só preciso garantir que meu corpo não saia do controle, porque minha cabeça está descontrolada.

Para falar a verdade, já que estou escrevendo isso para deixar toda essa dor bolorenta sair daqui de dentro, acho que eu estou perdendo o controle do meu corpo também.

Por tudo no mundo: não quero voltar a ser obeso!

x x x

Leio isso que escrevi e eu mesmo acho besta. Tem tanto problema sério nesse nosso planetinha e eu aqui em crise por uma coisa dessas!

Mas eu não quero voltar a ser obeso. Para mim isso é um problemão.

É meio o que escrevi lá no começo: só eu sei o que dói em mim.

E não tem como ficar comparando dores, isso não funciona desse jeito.

Então, voltando ao foco, parece que ando meio descontrolado. Antes, eu malhava três vezes por semana na academia e fazia natação duas vezes. Agora, aumentei a natação para três vezes e vou de segunda a sexta na academia. E quando chega o fim de semana penso que podia fazer mais alguma coisa, mas meus pais discordam e repetem que preciso descansar e me divertir.

Foi até por isso que fui ao cinema com a Nina e o Pedro, e veja no que deu!

Era melhor estar cuidando de mim. Se estivesse malhando não passaria por isso.

Sabe, se falto um dia na academia fico com a maior culpa. Não consigo mais comer um sanduíche com batata frita sem me sentir fazendo algo errado. Ainda mais quando um "amigo" ajuda a piorar tudo...

A Mara, minha melhor amiga, vive dizendo que eu estou é ficando viciado em esculpir meu corpo. Eu dou risada disso porque estou longe de ser um cara musculoso... Só derreti a banha, mas a barriga ainda tá mole aqui. Não inflei meus músculos. Bem que eu queria!

A gente estudou na mesma turma do sexto até o nono ano e viramos aqueles amigos que fazem tudo juntos, conversam sobre tudo, ficam no celular até de madrugada e essas coisas...

Ela me enche direto falando que preferia mil vezes o Felipe de antigamente, mais cheiinho, mas com conteúdo. E repete muito que exercício demais não faz bem, que eu só penso no meu corpo, que eu exagero, que eu preciso viver, que um monte de coisas...

Eu finjo que não ligo, mas ligo.

Cada vez mais tenho ficado meio assim igual agora, dolorido.

Não é a dor no corpo, que essa é boa, mostra que os exercícios estão fazendo efeito.

É dor aqui dentro.

A Aline, minha outra melhor amiga, que cresceu junto comigo e mora aqui no apartamento da frente, pensa diferente. Ela sempre me deu a maior força. Foi a pessoa que mais me incentivou a entrar na academia e a começar a nadar. Falava que eu precisava emagrecer desde que a gente estava no sétimo ano. Acho que repetiu tanto que entrou na minha cabeça.

A Aline é bem radical, e eu não estou no nível dela de neura com o corpo. Tô quase... Depois que a gente começou o Ensino Médio, ela deu uma piorada. Não quer apenas ter um corpo saudável, quer o corpo ideal, sabe? Aquele perfeito, que para ela é o corpo das *top models*, ou algo bem próximo disso.

Olha, às vezes sinto falta de ficar deitado nas almofadas aqui de casa com a Mara... ouvindo música e comendo salgadinhos; passar a tarde toda jogando um game e devorando chocolates; gastar minhas horas livres largado, lendo um livro esticado na rede.

Mas se lembro do colchão que trazia na barriga, a saudade de tudo isso evapora.

E se vivo uma situação igual a essa com o Pedro e a Nina, só dá vontade de não ser eu!

A Aline sempre repete que é tudo questão de escolha. Nem tudo.

Não dá para eu apertar o reset e começar minha história de novo, sendo diferente, outro Felipe.

Foi escrever sobre a Aline para eu sentir mais uma nuvem escura crescer aqui em mim. Ela era minha companheira infalível da academia. Superanimada. Desde a semana passada ela começou a faltar aos treinos e tem desviado de mim na escola. Parece que não está legal, que está doente, com olheiras e mais pálida que fantasma. Mandei um monte de mensagens, enchi, até que ela respondeu garantindo que não está acontecendo nada sério.

Sei não.

Bom, eu estava escrevendo sobre mim, né?

Tem muita coisa me incomodando, mas tem um negócio que está dando voltas na minha cabeça a toda velocidade. É o seguinte: dois caras da academia me chamaram para entrar numa vaquinha. Vão comprar uns suplementos importados que dizem ser o que há de melhor. Falaram que, um mês tomando, o corpo muda total, que meu abdômen vai trincar de tão definido. Não dá para negar que fiquei tentado. Mas fiquei com medo também... Que suplemento faz um negócio desse em um mês? Será que vale a pena arriscar?

Preciso dar a resposta logo e queria conversar com a Mara e a Aline sobre isso. Quando falo com as duas, tiro uma média dos palpites e geralmente dá certo.

x x x

Fico pensando se quando eu for um cara todo fortão ainda vou ouvir brincadeiras bestas como a do Pedro. E se ouvir, será que vou me sentir igual? Acho que não. Se eu ficar com o corpo do jeito que quero essas balas perdidas não vão me atingir, não. Vou ter o corpo blindado e a mente também. Tipo Superman... Hum... Taí, não gosto do Homem de Aço. Sou mais Marvel que DC... Prefiro o Thor. Mas até ele ficou gordo naquele filme. E foi uma visão dos infernos!

Chega. Não vou ser nenhum desses caras. Vou ser eu ainda, mas um eu muito melhorado. Já sei! Tipo Wolverine. Isso! Com garras e imortal (ou quase)!!!

Puxa. Gostei de escrever. Não resolvi coisa nenhuma, mas parece que parte da dor passou para o papel. Só parte, é verdade.

ALINE

MEUS PAIS ACHAM QUE SÃO DONOS DA MINHA VIDA

> ▶ Eu estou à beira do precipício,
> assista enquanto mergulho
> Eu nunca vou tocar o chão ♫

Adoro essa música, e o jeito que a Lady Gaga e o Bradley Cooper cantam *Shallow*.

Ela tem uma maneira de falar sobre as coisas que eu sinto como se estivesse dentro de mim. Hoje, por exemplo... tô assim. Sentindo que já fui. Sentindo que não mando na minha vida... Que vou afundar nesse precipício sem nunca tocar o chão!!!

Li uma entrevista da Lady Gaga contando que compôs a letra para falar do relacionamento de um homem e uma mulher, sobre os dois se apaixonarem e encontrarem uma ligação profunda. Lindo! Mas eu não concordo.

Acho que música é igual poesia: a gente sente o significado! E a interpretação é diferente para cada pessoa.

Para mim, a Lady Gaga quis falar de momentos em

que as pessoas se sentem exatamente como eu nesse exato instante, e pronto! É isso.

Pensar que foi a Mara quem me fez gostar da Lady Gaga! Essa eu devo a ela.

— · —

O clima está difícil aqui em casa. Seria bom poder conversar com a Mara como antigamente. Trocar ideia. Cantar. Mas ela tem me evitado. Ou eu tenho evitado ela... Não sei!

O que sei é que não aguento mais meus pais! Tenho certeza de que eles nunca vão me compreender e vão passar a vida me torturando, justificando que tudo o que fazem é para o meu bem. Maior clima de história de terror, sabe? Falam que é para o bem da pessoa e só fazem causar sofrimento!

Não, não estou fazendo drama.

A situação é tensa de verdade!

Como eles podem ter certeza do que me faz bem? Será que não percebem que estou péssima? Será que não notam que não vai adiantar **NADA** me proibirem de ir à academia???

Na semana passada, me chamaram para uma conversa séria. Isso é meio costume aqui em casa, conversa séria.

Foi na terça-feira, depois do jantar. Porque eles só estão em casa depois do jantar mesmo... Isso quando estão... já que normalmente ficam até bem tarde no trabalho e eu gosto... Assim tenho mais liberdade e não vejo os dois discutindo... porque eles discutem o tempo todo. Se estão juntos na mesma sala, estão brigando. É um saco!

Bem, minha mãe foi quem convocou a tal conversa séria. Não sei se é assim em todas as famílias, mas, na minha, conversa séria é sinônimo de chateação, de discussão, de pai e mãe invadindo a intimidade do filho. A minha, no caso.

E não foi diferente dessa vez.

Meu pai começou falando, e foi mais ou menos assim:

– Aline, você emagreceu muito nos últimos meses, não é, filhota?

– Emagreci sim, pai. Ganhei massa muscular. Estou malhando direto, uma hora tem que dar resultado, né?

– Pois é sobre isso que eu e sua mãe queremos falar com você, meu anjo.

– ...

– Você não acha que anda exagerando na malhação, filha? – perguntou minha mãe torcendo as mãos. Sempre que está nervosa ela torce as mãos.

– Como exagerando, mãe? Não era você que vivia me enchendo pra que eu fizesse alguma atividade física?

— Aline, eu sempre me preocupei com sua saúde, com seu bem-estar. E você sabe...

— Sei o que, mãe?

— Filha, o que sua mãe quer dizer é que nós achamos que você não está com uma aparência saudável.

— Como assim? — aí fiquei bem irritada.

Malho cinco dias por semana, faço dieta, dou tudo de mim e não estou com uma "aparência saudável"?

Eu estou magra! HIPERMEGAMAGRA!!! Do jeito que quero estar.

Ou melhor, quase do jeito.

Ainda faltam pouco menos de dois quilos para ficar no nível *top model* megapoderosa e caber folgado no meu jeans 34.

Bem, a partir daí não vale mais a pena descrever a tal conversa séria em detalhes. Minha mãe perdeu a pose e gritou que era impossível eu não perceber que estava magra demais. Eu discordei, é claro. Meu pai disse que não confiava que eu estivesse recebendo orientação adequada na academia. Falou que sabia que eu tinha uma dieta equilibrada porque ele mesmo havia me acompanhado à nutricionista, aliás, muito consciente e responsável, segundo as palavras dele.

E ele acha que sabe das coisas, coitado!

Imagina se eu falasse para eles que não menstruei este mês!!! Eles teriam um ataque cardíaco.

Se bem que essa situação tem me preocupado um pouco também e eu não sei com quem falar sobre isso.

—— . ——

Então, voltando ao assunto, para os dois o meu problema é a academia e, sem me consultar, decidiram que eu deveria parar de malhar e começar a fazer aulas de hidroginástica duas vezes por semana apenas, numa escolinha de natação aqui do bairro.

A conversa séria foi apenas para comunicar as mudanças na **MINHA** vida.

Nem discuti.

Não adianta mesmo.

Vim para o quarto e coloquei a Lady Gaga para cantar bem alto, só nos meus ouvidos... para evitar mais reclamação.

As aulas de hidroginástica são **HORRÍVEIS**!!! Não estou suportando mais!!! Na minha turma tem eu e uma outra garota enorme de gorda. Nem de longe se compara à malhação da academia.

Eu não tive coragem de contar nada ao Lipe. Sei que sou uma referência na vida dele, tipo um modelo a ser seguido. Não posso decepcioná-lo.

    Ele me cercou lá na escola, aqui no prédio e me bombardeou de mensagens para saber por que estou faltando aos treinos, mas eu desconversei.

    Vejo o cara milhares de vezes por dia, ele mora no mesmo andar que eu, estuda na mesma sala no Ferreira Boas! Dei uma desculpa qualquer, mesmo sabendo que é só questão de tempo para ele descobrir... É nossas mães se cruzarem no elevador e pronto.

    Melhor seria abrir o jogo com ele logo, porque duvido que eu volte para a academia com a pressão que está rolando aqui em casa. E nem de longe sei como assumir uma vergonha dessas!!!

    Meus pais nem percebem que estão me fazendo mal. Com essa atitude só conseguem me obrigar a comer menos ainda. Isso mesmo. Se não posso malhar, preciso diminuir as calorias, ou viro uma baleia. E a culpa é toda deles!!! **QUE ÓDIO!!!**

MARA

QUASE DUAS DA TARDE NO MEU RELÓGIO DO HARRY POTTER

~~Querido diário...~~

Que ridículo! Nunca tive um diário e nem vontade de ter um. Aí... ganhei esse caderno lindo de capa de tecido da tia Leda. "Para escrever seus pensamentos", ela disse.

Pensamentos...

Pensamentos eu tenho muitos! Então, resolvi tentar e agora estou aqui...

Mas não dá para começar com "querido diário", né? Coisa mais óbvia e sem originalidade.

Vou tentar de novo.

~ * ~

Pensamentos que passam pela minha cabeça neste momento:
- Preciso responder à mensagem da Aline, mas estou sem nenhuma vontade.
- Amanhã começo a aula de percussão...
  Tac-tá-tum! Obaaaa!!!
- Quero chamar o Lipe para uma conversa séria...

(Tô parecendo os pais da Aline! Que horror!!!) O Lipe anda exagerando na malhação. Os braços dele estão fortes. Se continuar assim, mais um tempo e não vai fechar os braços de tão fortes que ficarão. Vai ficar parecendo um galo batendo asa. (Que horror!!!) Ele nem tem mais tempo para nossos programas nerds. Está inflando o corpo e murchando o cérebro.

- Preciso cortar a unha do pé! URGENTE!!! Tá um nojo... Que horror!!!
- Preciso falar menos "que horror"!!!

Pronto! Cansei. Vou até a cozinha beliscar alguma coisa.

~ * ~

Voltei. Comi uma fatia de bolo integral com frutas secas divinoooo!!! E, enquanto comia, tomei coragem e falei com a Aline. Ela brigou com os pais de novo. Foi na semana passada, parece, mas decidiu me contar só agora. Pediu para a gente conversar e vou encontrar com ela amanhã à tarde na sorveteria perto do Ferreira Boas.

É sempre assim. Desde o início do ano, quando mudei de escola, a gente tem se falado cada vez menos. Primeiro ela reclamou porque eu não continuei no colégio, repetiu até enjoar que eu podia ter conseguido renovar minha bolsa...

Até podia, mas não. Chegou num ponto em que não dá para ficar sendo um peso para os meus pais. Preciso começar a ajudar aqui em casa e, mesmo com o desconto da bolsa de estudos, pagar escola para mim estava deixando a vida por aqui difícil demais.

Prestei a Federal e passei! Comecei a fazer o técnico em informática e quero arrumar uma vaga de jovem aprendiz no ano que vem. É natural que a minha realidade e a da Aline vá ficando distante uma da outra, acho... Mas eu juro que tentei manter o contato, conversar, contar as novidades...

A real é que a Aline me ignora por dias, meses às vezes, e quando está mal quer falar comigo. Diz que sente falta da nossa amizade e coisas do tipo. No fundo, não sei se a gente consegue voltar a ser tão amigas quanto antes. As coisas mudaram, eu mudei. Cresci, descobri que a vida é mais do que estudar no Ferreira Boas e ir ao shopping nos fins de semana.

Tá certo... soei preconceituosa agora. E eu gostava de estudar lá e de ir ao shopping com ela também.

Tem horas em que nem eu me entendo.

Sei lá! Acho que essa obsessão da Aline por ser a mais linda, mais gata, mais tudo, me encheu.

De verdade, não acredito que ter um corpo perfeito e

passar o tempo todo fazendo dieta e buscando dicas de como emagrecer seja vida.

Não concordo com a ideia de que exista só um tipo de corpo bonito.

E penso que o mundo em que a gente vive é muito burro, porque muita gente acredita nestas coisas: cabelo bonito? Só se for assim... Corpo bonito? Só se for assado... É muito padrão para um mundo tão diverso.

As meninas fazem de tudo para serem poderosas, gostosas e acabam abrindo mão de serem empoderadas, de se valorizarem, de gostarem de si mesmas do jeitinho que são!

Pronto! Fiz um discurso!

Sempre faço isso e minhas opiniões já renderam muita treta.

Já cansei de brigar com a Aline sobre isso. E também cansei de ouvir que falo bobagens porque não me encaixo.

Fala sério!!!

Não me encaixo MESMOOOOO!

~ * ~

Vixe! Perco a calma até escrevendo...

Quer saber? Foi falar em dieta e deu vontade de comer outra fatia daquele bolo...

É melhor me segurar, né? Mesmo porque quero tomar

um belo sorvete amanhã enquanto converso com ela. Melhor: enquanto escuto a Aline reclamar da vida.

Não sei... parece que ela não cresce. Da vez passada em que a gente se viu, ela estava igual a um zumbi, não tinha nada a ver com um "padrão-de-beleza-gostosuda-poderosa", de tão magra e pálida. No começo, quando ela passou a exagerar na academia, o Lipe me contou e eu até fiquei preocupada. Depois desencanei.

Tá, assumo que tentei conversar com ela sobre uma dieta saudável, mas não deu. Desisti. Ela disse que eu não sabia nada sobre dieta saudável, porque se soubesse não teria virado uma porca gorda.

Dá para lidar com uma garota assim? Não dá! Melhor amiga fala uma coisa dessas para a gente? Não. Definitivamente, não. Aí resolvi cuidar da minha vida, fazer novos amigos na Federal e deixei de falar com ela por mais de um mês.

Achei que tinha acabado, que essa fase da minha vida tinha ficado para trás, até que, da semana passada pra cá, meu celular virou algo insuportável de tanto que vibra. Ela não para de mandar mensagem e de ligar.

Ainda bem que a gente não está mais na mesma escola, senão eu não ia ter como dar os perdidos que dou.

Pois então, a gente já andava meio afastada no ano passado e com a mudança de escola nos afastamos mais. No início, senti falta... Tudo bem, eu ainda sinto falta e não substituí a Aline por nenhuma outra melhor amiga.

A verdade que eu preciso encarar é que não somos iguais ao que éramos quando tínhamos 11 anos, isso tem um peso e não dá para negar.

Eu e a Aline deixamos de ser crianças e entramos na adolescência juntas. Ela foi a primeira garota do Ferreira Boas que veio falar comigo, que me chamou para ir em sua casa, que não deixava de me convidar para sair ou para ir em uma festa só porque eu não tinha roupas legais.

E, com ela, veio o Lipe. Os dois viviam juntos. As mães deles foram colegas de faculdade, daquelas que andavam grudadas. Casaram no mesmo ano, engravidaram quase no mesmo dia, e o Lipe nasceu no mesmo mês que a Aline.

Eles são de Gêmeos e sempre brincavam que eram gêmeos de alma.

Aí eu entrei na escola, os dois viraram meus melhores amigos e nos tornamos os trigêmeos, mesmo eu sendo de Escorpião.

Eu gosto muito daqueles dois, ainda que a Aline seja insuportável de vez em quando.

Lá no colégio, praticamos natação juntas, balé (argh!) e, no oitavo ano, a Aline me arrastou para um curso de modelo (sem comentários) — os pais dela pagaram para mim. Grude em tempo integral, mas eu fui percebendo que só fazia o que ela queria.

Bem, até o ano passado.

Este é o primeiro ano em que estamos em escolas diferentes e eu comecei a descobrir do que eu gosto de verdade e a experimentar coisas novas, a me arriscar sozinha.

Acho que a gente até tinha a ver uma com a outra, entende? Assim, não éramos 100% iguais, mas gostávamos das mesmas comidas, das mesmas músicas, dos mesmos desenhos, das mesmas séries e até paquerávamos os mesmos meninos.

Eu sonhei com ela que seríamos modelos famosas e viajaríamos o mundo inteiro juntas. Não foi porque eu queria ser famosa ou modelo de verdade... sei lá... Eu queria estar com ela. Ah! E viajar o mundo!

Eu nunca fui magrinha e, para chegar mais perto do nosso sonho *top model*, a Aline sempre descolava uns regimes malucos que nós duas seguíamos à risca. Cada semana era uma dieta diferente e a gente se divertia com isso, procurando na internet novas receitas milagrosas para emagrecer. A gente acha de tudo na internet!!!

Lembro que, uma vez, seguimos um regime em que só podíamos comer verduras e beber água durante uma semana. Absurdo, né? Até passamos mal. Nosso intestino soltou de um jeito que fomos parar no hospital. Nós tínhamos pouco mais de 13 anos.

O médico deu uma bronca tremenda nos nossos pais e

falou que era evidente que estávamos com uma dieta inadequada havia tempo.

Minha mãe pressionou e eu acabei contando o que causou o desarranjo e da nossa mania de regime, que era bem mais antiga. Ela e a Márcia, mãe da Aline, conversaram um monte, ficaram realmente preocupadas e decidiram nos levar a uma nutricionista. Mais uma vez, os pais da Aline pagaram tudo. Minha mãe tentou recusar, mas não teve jeito. Lembro que meu pai até brigou com ela por causa disso.

Pensando bem, foi nessa época que a gente começou a se distanciar, a pensar diferente e a seguir cada uma o seu caminho... Sonhar cada uma o seu sonho.

~ * ~

Bom, por hoje chega de pensamentos.

Com certeza, amanhã, depois do encontro com a Aline, terei muito mais pensamentos para colocar aqui... Esse caderno vai ser a minha "penseira", igual no Harry Potter. Taí, penseira é bem melhor que "querido diário".

NA SORVETERIA
TERÇA-FEIRA, 14:55 HORAS

Sabe aqueles momentos em que você planeja tudo direitinho, passa e repassa as cenas em sua cabeça e nada acontece igual ao esperado? É como se mudassem um roteiro do qual você faz parte, mas sem avisá-lo.

Foi exatamente isso o que aconteceu com Aline, e ela não é nada boa em lidar com planos frustrados. Chegou na sorveteria, bem perto do horário marcado, e deu de cara com Felipe sentado à mesa mais próxima da entrada.

Ficou de mau humor instantaneamente. Afinal, precisava ter uma conversa particular com Mara. Não estava preparada para contar tudo ao amigo nesse dia.

Nem pensou, partiu direto para o ataque:

– Lipe, posso saber o que você está fazendo aqui? Quebrando a dieta e virando uma bola?

– Oi, Aline. Também acho bom ver você... Como pode perceber, estou tomando um refrigerante com 0% de açúcar. E você? O que veio fazer aqui?

Para desespero de Aline, a discussão acabou aí, porque os dois ouviram:

– Oi, gêmeos! Tudo em paz? Lipe, não sabia que você também vinha encontrar com a gente. Que bom!

"Por que a Mara é sempre tão pontual?", pensou Aline contrariada, enquanto Felipe começava o bate-papo com a amiga:

– Oi, Mara. Estou aqui por acaso. Não fui convidado, não. Mas é legal encontrar vocês. Precisava mesmo falar com as duas.

Aline não aguentou ouvir isso. Era **ELA** quem precisava da atenção da amiga e não tinha vontade de dividi-la com ninguém! Fechou a cara e não se conteve:

– Lipe, seguinte: não leva a mal, mas **EU** é que estou precisando trocar umas ideias com a Mara.

– Ai, Aline, que horror! A gente é amigo, né? Não somos os trigêmeos? Não dá pra conversar os três? – reagiu Mara, que não estava entendendo a atitude agressiva. Afinal, eles eram confidentes desde sempre.

– É que eu preciso **mesmo** ter uma conversa particular com você, Mara...

Aí foi a vez de Felipe mostrar-se contrariado:

– E desde quando você guarda segredos de mim, Aline? Pensei que a gente tinha um pacto! – era evidente que estava magoado, afinal nunca fora colocado de lado no trio e a sensação não era nada boa. – Mas tudo bem... Vou acabar meu refri e cair fora – completou se controlando para parecer maduro.

– Nada disso, Lipe. Vamos conversar os três, como sempre foi... Não é, Aline?

"Que saco! Agora, ou eu abro o jogo de uma vez, ou saio como a vilã da história... Precisava o Lipe vir tomar esse refrigerante idiota justo agora e bem aqui?", Aline pensava tentando encontrar uma saída, mesmo tendo certeza de que ela não existia. Então, soltou:

– Ah, quer saber? No fundo é bom o Lipe estar aqui. Assim resolvo tudo de uma vez. Cansei!

Mara relaxou e decidiu que o melhor era transformar aquele encontro em algo legal, como costumava ser até há algum tempo. Fez um sinal e pediu ao atendente:

– Você me traz um *sundae* de chocolate, por favor? Ah... com bastante cobertura e farofa.

– Puxa, Mara, você podia passar sem isso, né, amiga? – se intrometeu Aline com certa agressividade.

Ela não entendia como a outra conseguia pedir um sorvete desses sem parar para pensar em quantas calorias estaria ingerindo... Mara não gostou nem um pouco da interferência. Sabia que ali começaria uma discussão cansativa e que sempre terminava em falas impensadas, então resolveu acabar a conversa naquele ponto:

– Aline, não começa... por favor...

– É que eu me preocupo com você, Marinha...

– Sei. Pois eu dispenso, ok? Tenho o direito de tomar meu sorvete sem culpa.

– Meninas, a gente está aqui para conversar ou brigar? – interferiu Felipe, que já estava cansado de fazer o meio de campo entre as duas sempre que discutiam e passavam um período sem se falar.

– Bom... O que você queria conversar, Aline? – retomou Mara, com um mau humor evidente.

– Eu? Hum... É... Aquilo sobre ter brigado com meus pais... – Aline respondeu insegura.

– Vocês brigaram? Por quê? – perguntou Felipe.

– Lipe, é o seguinte... O que vou falar agora não pode mudar em nada a sua determinação em ser um cara lindo e forte e definido, certo? – Aline tentou fazer uma cara de seriedade e importância, pelo menos pensou que estivesse com uma expressão assim.

– Cara! Que ridícula essa conversa, Aline!!! – Mara caiu na risada.

– Ridícula por quê? Não é porque você virou uma desleixada que o resto do mundo deixou de se cuidar.

— Não creio! — manifestou-se Mara já elevando o tom de voz. — Mais de um mês que a gente não se fala e você já me agrediu em menos de cinco minutos de conversa, Aline! Quer saber? Desleixada é a sua avó! Fui!

— Puxa, meninas... de novo, que saco! Vocês parecem crianças... e daquelas muito mal-educadas — Felipe já estava arrependido de ter ficado para conversar.

— Desculpa, Mara. Exagerei... É que eu estou pra lá de estressada! Não quis dizer isso. De coração... — Aline expôs, manhosa.

— Se você soltar mais uma dessas, Aline, eu me levanto e vou embora sem nem dizer tchau, entendeu?

— Humhum... Prometo me comportar direitinho...

— Então — retomou Mara respirando fundo para parecer mais calma —, continua falando, você brigou e...

— É que meus pais me proibiram de ir à academia e, sem nem me consultar, me matricularam na escolinha de natação e estou fazendo umas aulas ridículas de hidroginástica que não servem pra queimar nem a caloria de uma minitorrada!!!

— Não entendi. Como foi isso? — perguntou Felipe intrigado. — Não foram eles que deram a maior força para você entrar na academia? Até onde eu sei, viviam cobrando que você fizesse alguma atividade física.

O sorvete chegou e Mara tomou umas colheradas em silêncio, pensativa. De repente, perguntou:

— Por que eles fizeram isso? – estava desconfiada. Com certeza a amiga aprontara algo para provocar essa atitude... como sempre.

— Mara, sem querer provocar, mas... você já pensou na quantidade de calorias que tem nesse seu sorvete?

— Que horror, Aline! Não pensei e não vou pensar. Foi-se o tempo em que eu ficava contando as calorias de tudo o que eu comia... Ainda bem que essa doença passou. E vamos focar em você? Então, por que seus pais fizeram isso?

— Ah... Porque eles são péssimos. Não prestam atenção em mim, não sabem o que me faz bem... Dizem que me amam e, no fundo, não estão nem aí para o que eu sinto.

— Aline, seguinte: dá pra ser mais objetiva? – Mara falou de um jeito cansado, sem paciência para devaneios. – Eu sei que seus pais são meio estilo trator, mas você deve ter feito algo, né, amiga?

— Ai, Mara. Aprontei nada não... Eles que são uns neuróticos, doentes. Vivem brigando entre si e agora querem perturbar minha vida. Puseram na cabeça que estou magra demais e que a culpa é da academia – Aline falou em tom de choro e percebeu que não estava convencendo nem a si mesma, porém continuou firme na posição de vítima injustiçada.

– Mas você está magra demais. De verdade – Mara concordava com os pais de Aline nesse ponto.

– Obrigada, amiga – respondeu sorridente. No entanto, seu sorriso desapareceu logo que ouviu:

– Bem... Isso não foi assim um elogio...

– Depois reclama das minhas críticas construtivas! – respondeu ácida.

– Construtivas??? É melhor voltarmos ao assunto que nos trouxe aqui. – Era evidente que Mara fazia força para se controlar.

– Mara, você já reparou que fala tudo certinho quando fica nervosa? – interferiu Felipe, que permanecia quieto até ali. Adorava as duas, mas sem sombra de dúvida preferia conversar com elas separadamente. Juntas pareciam duas menininhas irritantes e briguentas.

– Já, Felipe – Mara respondeu seca, e Aline se apressou a retomar o assunto:

– **ENTÃO**... – subiu o tom de voz para chamar a atenção dos dois – como **EU** estava falando, meus pais são uns neuróticos! Não aguento mais essa vida...

– Aline, sabe que eu também acho que você emagreceu muito nos últimos meses? – Felipe resolveu se manifestar.

– Ganhei massa muscular.

– Não, acho que emagreceu mesmo. Você tá seguindo a dieta da sua nutricionista?

– Você voltou a consultar uma nutricionista? Não disse que era besteira? – alfinetou Mara, que se lembrava bem das discussões que tivera com Aline sobre "personalizar" a dieta indicada pela profissional.

– Ainda acho besteira, Mara. Se eu comesse tudo o que a nutricionista colocou no meu cardápio ia virar uma porca gorda!

Mara sentiu um nó no estômago ao ouvir a expressão de novo na boca da amiga.

– Quer dizer, então, que você não está seguindo? – insistiu Felipe.

– Claro que não! Fiz umas adaptações. Assim... cortei metade das calorias engordativas.

– Como sempre, né? – concluiu Mara com cara de reprovação. – E seus pais sabem disso?

– É óbvio que não. Eles nunca sabem nada de mim... Nem estão interessados! Eles acham que emagreci por causa da academia, já expliquei isso. Você não está prestando atenção?

– Estou, sim, Aline. E você tentou contar a verdade para eles?

– Não vale a pena, amiga. Eles simplesmente não entendem. Se soubessem das minhas adaptações iam querer me levar de novo na chata da nutricionista. Ou pior... no psicólogo. Eu faço dieta há anos, entendo mais disso do que qualquer um.

– Sei não, Aline. A gente já se meteu em roubadas sérias com nossas dietas, lembra?

– A gente era criança, Mara. Agora sou experiente. Bom, o fato é que simplesmente não sei o que fazer. Acho que vou precisar reduzir ainda mais a minha dieta agora que estou proibida de malhar. Vou cortar as calorias para 1/3, talvez 1/4, ou deixar de comer de uma vez...

– Você vai é ficar doente – Felipe falou em tom sério.

– O que faço, então?

– Converse com seus pais. Explique as coisas. Quem sabe eles entendam e deixem você voltar pra academia – Mara tentou novamente.

– Sei não – Aline se mostrou em dúvida, mas no fundo percebeu que os dois não a ajudariam muito e nem de longe pensava em conversar com os pais sobre o que estava acontecendo.

– Bom, eu preciso ir. Tenho aula de percussão agora à tarde. Conversamos mais por celular, pode ser? – Mara falou, raspando a taça de sorvete vazia e já se levantando da mesa.

– Percussão? Que legal, Mara! – Felipe comentou.

– Fazer o quê? – respondeu Aline toda cheia de manha. – Você não tem mais tempo pra mim mesmo...

– E eu nem contei o **MEU** drama! – Felipe emendou, chateado, afinal precisava conversar com elas sobre a proposta de comprar o suplemento.

– Gente, preciso mesmo ir. Fazemos assim: depois de amanhã estou com a tarde livre. Vamos nos encontrar aqui perto das três?

– Por mim, beleza – Felipe concordou, até porque só precisaria dar a resposta para os colegas de academia na próxima semana.

– Por mim também, acho que posso aguentar outro dia de aula-chata-de-hidroginástica – Aline não perdeu a chance de fazer mais um pouco de drama.

– Então... beijoca e até mais! Fui!

MARA

A NOITE COMEÇA A ENGOLIR O DIA

Como imaginei, depois da conversa com a Aline muitos pensamentos gritam aqui na minha cabeça. E como gritam!

Mas vou fazer uma pausa para olhar o pôr do sol. O céu com nuvens grandes e pintado de amarelo, laranja e azul está uma lindeza.

~ * ~

Voltei. A noite já está engolindo o dia e, agora, as cores se foram. Está bonito ainda... o contraste das nuvens mais escuras que o céu.

Fiquei na janela olhando para o alto e me lembrando de quando fazia isso nas casas da Aline e do Lipe. Eles moram no décimo andar e os apartamentos deles têm daquelas varandas enormes. Dá pra ver a cidade de cima e assistir ao pôr do sol de lá sempre foi algo incrível.

Toda vez que eu falava isso aqui em casa, minha mãe esbravejava por vários motivos. Primeiro porque não gostava quando eu voltava da casa deles à noite; pegava a condução lotada e ela repetia que era perigoso, mas eu não achava isso. Tá certo que voltar espremida como sardinha em lata não era legal, mas não via perigo algum... só gente cansada e querendo chegar em casa logo.

Ela também reclamava porque não queria que eu me acostumasse com o que não tinha. Repetia sempre isso. Eu não entendia ou não queria entender, não sei. Depois desses meses fora do Ferreira Boas, acho que faz mais sentido o que ela falava. Eu sempre soube que minha vida era diferente da vida dos meus colegas, mas minha rotina está muito mais diferente agora. Preciso acordar bem mais cedo para ir à Federal. O Ferreira Boas não fica perto, mas eu tomava um ônibus e em quarenta minutos estava lá. Para a Federal não tem ônibus direto e o rolê demora uma hora e 15, uma hora e meia dependendo do dia. Só isso já cansa bastante.

Já tive uma fase de revolta, sabe? Já briguei com meus pais por a gente morar aqui. Foi depois que ouvi na escola que eu não morava, me escondia. Era pirralha, tinha uns 11, 12 anos. Meus pais ouviram meu esbravejar e disseram que eu tinha de agradecer por ter uma casa, uma família que me amava e que não deixava nada faltar para mim.

Quando eu comparava minha vida com a do pessoal lá do colégio, eu concluía que muita coisa faltava para mim, sim. Meus pais pensaram em me tirar do Ferreira Boas e me matricular na antiga escola da prefeitura, aqui do bairro, mas não fizeram isso. Aguentaram firme minhas malcriações, até que cresci e percebi como eu era idiota...

    Eu sempre fui boa aluna e meus pais ouviam os professores da escola aqui do bairro repetirem que deveriam fazer um esforço e me colocar em um colégio particular. Aí, quando minha mãe foi trabalhar na secretaria do Ferreira Boas, ficou sabendo que tinha direito a uma bolsa parcial para os filhos, mas o desconto não era grande o suficiente para ela e meu pai darem conta de pagar. Aí, eu fiz uma prova e fui tão bem que o desconto ficou muito maior. Meu irmão esperneou e não quis mudar de escola de jeito nenhum, ele estava no terceiro ano e minha mãe concordou que ele devia amadurecer mais e não forçou a mudança. Eu acho que meus pais apenas reconheceram que o Caio só não gosta de estudar mesmo e iam jogar o dinheiro fora... mas nunca que vão admitir isso!

    Bom, o fato foi que comecei na escola nova e não foi fácil. Descobri sentimentos em mim que nem sabia que existiam. Tinha vergonha de morar na periferia. Tinha vergonha de chegar com minha mãe de ônibus, e o ponto era no mesmo quarteirão da escola, o que não ajudava muito... Tinha vergonha do tênis que não era de marca conhecida como os dos meus novos colegas, da mochila sem grife, do meu material escolar mais básico impossível... Ainda bem que a gente usava uniforme, menos uma coisa para ter vergonha.

Quando fiz amizade com o Lipe e a Aline, minha mãe ficou feliz da vida. Principalmente quando comecei a ir para a casa deles estudar ou passar a tarde. O prédio fica muito perto da escola e, no fim do dia, quando minha mãe saía do trabalho, ia até lá, me chamava e eu voltava com ela para casa.

Mas a alegria dela durou pouco, porque foi nessa época que eu comecei a reclamar de tudo, principalmente por sermos pobres. Meu pai virava uma fera quando eu falava isso, dizendo que eu nem fazia ideia do que era ser pobre, que eu era uma mimada e tinha que agradecer a Deus por nunca ter me faltado nada.

É claro que eu não concordava, como já escrevi aqui. As brigas aumentavam e minha mãe tentava me fazer enxergar que ter uma vida diferente não significava ter uma vida ruim.

Eu nem ouvia.

Minha avó Selma, do interior, sempre diz que a vida ensina. Sempre que vamos visitá-la, ela tem um monte de causos para contar sobre a vizinhança, familiares, conhecidos que validam essa ideia dela de que a vida ensina.

Não sei se foi de tanto ouvir isso, mas o fato é que hoje eu concordo com ela. No ano retrasado meu pai perdeu o emprego e as coisas ficaram bem difíceis aqui em casa. Ele começou a fazer uns bicos de encanador, mas não rendiam dinheiro suficiente. Meses depois, no fim do ano letivo, minha mãe também perdeu o emprego. Com a crise, o colégio sofreu a evasão de muitos alunos e precisou reduzir o quadro de funcionários. A escola concordou em manter minha bolsa até o fim do nono ano, mas eu vi o sacrifício que foi para os dois darem conta de pagar as mensalidades.

As tardes que eu passava com o Lipe e a Aline ficaram ainda mais contrastantes com a realidade aqui de casa. No meio do ano passado, meu pai começou a trabalhar como motorista de aplicativo e deu para segurar as contas, mas ele vive exausto. Dirige 14 horas por dia, às vezes mais. Minha mãe tem feito faxina para fora, mas até isso está difícil de conseguir. Eu pensei em falar com os pais do Lipe e da Aline. Eles conhecem tanta gente, poderiam ajudar meus pais... mas senti uma vergonha tão imensa que congelei.

Sair do Ferreira Boas me fez bem. Entrar nos projetos de música da Associação aqui do bairro também. Essa coisa de me sentir menor, inferior, passou. Melhor... está passando. Tenho valorizado muito mais minha família, minha vida, o que eu sou. Sei que ainda balanço, mas reconheço que minha realidade não é a da Aline ou a do Felipe, como minha mãe cansou de repetir. E isso é até bom. Os dois são protegidos demais do mundo real, vivem numa bolha e são bem alienadinhos.

Olha eu julgando!!! Que coisa feia!

É que, às vezes, acho que nossas realidades não deviam ser assim tão diferentes, que todo mundo tem o direito de viver bem, comer bem, ter aquilo que quer... Ia ser melhor para todos.

Olha, penseira, não sou a menininha mimada que ficava esperneando. Não mais.

Estou começando a compor e minhas letras falam disso. Disso e de um monte de outras coisas, como a beleza aqui da zona Leste, a famosa ZL paulistana. É uma beleza humana, de gente que batalha, que se ajuda, que enxerga o outro, sabe? Não faz mal se está com o sapato furado ou a camiseta larga de velha, isso não é motivo para julgar alguém por aqui, não.

As casas não são lindonas, as ruas são estreitas e andam esburacadas, não temos praças ou parques bem cuidados, mas as pessoas são guerreiras.

Nem preciso fazer força para falar dessas pequenas belezas do nosso dia a dia, os versos nascem naturalmente.

Minhas músicas são uma mistura de rap com rock. Meu irmão fala que tem uma pegada de Twenty One Pilots. Eu acho que é mais agressivo... está mais para Linkin Park.

Céus... comecei a escrever porque queria falar da Aline e olha tudo que saiu!!! Bora focar.

Estou preocupada com ela. Por mais que eu tente não pensar... continuo com a opinião de que ela não está bem.

Olha, de vez em quando, eu reclamo dos meus pais... Mas justiça seja feita: eles são maravilhosos se comparados aos pais da Aline.

Eles não sabem nada sobre ela. Não fazem ideia de qual é o problema verdadeiro da filha. Nem imaginam o quanto ela passou dos limites. A Aline sempre passa dos limites.

Ela está magra demais. Isso é um fato. Nesse tempo em que a gente não se viu perdeu muito peso. E as olheiras, então? Será que não percebe que está com cara de doente? Se duvidar já está anoréxica! Tanto que faz para atingir esse corpo que ela pensa ser o ideal que, se ainda não tem anorexia, um dia vai ter.

Que horror escrever isso!

Ai! Vou parar de falar e de escrever "que horror!".

Mas quer saber? Falando em Aline eu não estou sendo radical. Como será que aguenta comer tão pouco? E ainda malhar? Preciso conversar com ela e tentar descobrir qual é a verdadeira situação. Desconfio que seja um horror!

Olha aí o "horror" de novo... De onde será que peguei essa mania?

~ * ~

Bem, o pior é a ideia idiota de que ela teve de reduzir ainda mais a alimentação. Daqui a pouco vai inventar outro regime à base de suco de fruta diet e jejum... como já fez uma vez. Eu preciso convencê-la a falar com os pais sobre isso... e vou ter que me esforçar para me manter calma no próximo encontro, não reagir às provocações. Se bem que ela me irrita demais! Passa dos limites!!!

Do que foi que ela me chamou lá na lanchonete? Des... desle...

Desleixada!

É isso! Que horror!

Tem cabimento uma coisa dessas? Primeiro, porca gorda. Agora, desleixada... Que peste de menina!

Eu só parei de me torturar com aquelas dietas sem fim e na cabeça dela virei desleixada?

Não tem como lutar contra a verdade: sempre fui meio cheiinha, apesar de tentar mudar isso. Tem coisas que a gente não escolhe. Minha família inteira é mais para baixinhos fortinhos do que para altos magricelas. Saí igual a todos. O que era de se esperar.

Eu continuo me cuidando mesmo sem viver à base de regimes. Sério. Tenho uma dieta equilibrada e saudável, faço atividade física. Só não dá para ir contra a minha natureza e passar a vida inteira numa espécie de autotortura. Foi a muito custo que comecei a me valorizar e a me achar bonita, a curtir minhas curvas, ainda que eu não seja perfeita. Mas quem é?

Aí vem a Aline e acaba com minha autoestima? Sem essa! Aqui não! Sou mais eu!!!

~ * ~

Hum... Será que os outros também me acham desleixada?

Hoje eu nem me concentrei na minha primeira aula de percussão. A professora chamou a minha atenção diversas vezes porque eu errava a todo instante. Devia ter faltado à aula e resolvido tudo lá com a Aline e o Lipe.

Aliás... O que ele tem para conversar com a gente de tão importante? Nós dois nos falamos todos os dias, ficamos até tarde no celular ontem e ele não comentou nada de extraordinário que tenha acontecido nos últimos tempos.

Nem parece que somos os "melhores amigos", os "trigêmeos"!

Mais tarde vou tentar pressioná-lo para antecipar a tal conversa por celular mesmo.

Será que outras pessoas me acham desleixada também?

Que droga!!! Isso não sai da minha cabeça!!!

O Felipe nem me defendeu... Será que ele concorda com a Aline? Nessa onda de malhação que ele está deve mesmo concordar e me achar imensa e desleixada...

Que horror! Eu não aguento isso! A Aline tem o poder de colocar minhoca na minha cabeça.

Vou pensar em outra coisa para tentar me ocupar. Pronto. Decidido. Mas pensar em quê?

~ * ~

Ah... Já sei!

Mês que vem minha banda vai se apresentar na festa de 15 anos da Camila. Ela mora na quadra de cima. É toda descolada e vai fazer uma comemoração diferente, bem rock. Um verdadeiro evento! Teve um povo que reclamou porque queria um batidão, mas ela disse que isso tem aos montes aqui no bairro e o aniversário dela merece ser diferente. Concordo. Ela conhece todo mundo por aqui, então descolou um galpão de uma fábrica que fechou há milênios. Verdade! O lugar tá fechado há muito tempo, e já foi um monte de coisa depois de ter sido fábrica. Tem até pista de skate. Tá meio zoada, mas a galera disse que dá pra usar. Vamos montar um palco pra gente tocar e a festa promete virar a noite. Haja voz!!!

Ela escolheu um repertório muito legal, só música boa, mas tem várias difíceis de cantar. E ainda deixou fazer um especial do Evanescence, minha banda predileta. A galera acha o som meio velho, mas eu adoro. E não é por nada não... mas eu canto igualzinho à Amy Lee. Faltou modéstia, né? É que a gente precisa ser bom em alguma coisa nessa vida... e eu sou boa cantando.

Não tenho tido muito tempo para ensaiar com a banda, mas estou tranquila. Faz quase um ano que tocamos juntos e estamos preparados para essa apresentação. Tudo bem que bate a insegurança de ser a primeira vez que vamos tocar para uma galera imensa. Já nos apresentamos em outras festas, mas nada que se compare a isso. Nem palco tinha.

A Camila disse que serão uns quinhentos convidados! Todo mundo vai ajudar levando comida e bebida. Vai ser legal! Estou confiante. Sei que seguro na voz e meus companheiros tocam bem demais.

O que está me deixando nervosa é que eu não tenho ideia de que roupa vou usar! Parece ridículo, né? Eu me preocupando com a roupa e não com a apresentação...

Fazer o quê? Estou sendo sincera comigo mesma.

Afinal é uma festa imensa, eu vou estar no palco e não dá para ir de jeans e camiseta. Ou dá? Acho que precisa ter um visual mais legal... descolado. Diva do rock!

Acontece que minhas roupas interessantes, aquelas que ganhei da Aline, não estão servindo mais ou, pelo menos, estão bem justas.

Minha mãe diz que isso é bobagem... Não é não!

Eu ganhei um dinheiro da minha avó e até tentei ir a algumas lojas aqui do bairro, ver se encontrava algo que me agradasse... Mas tudo o que experimentei me deu a sensação de que nada serve em mim e de que todas as roupas me deixam enorme. Que horror, estou ficando igual à Aline!

E agora tem mais essa história de desleixada... Cansei. Vou sair e dar uma volta de bicicleta. Fui...

LIPE

UM DIA PRA LÁ DE CANSATIVO

Olha, me senti um cocozinho de passarinho com aquela discussão besta na sorveteria. E não digeri bem a ideia de a Aline me querer fora da conversa. Já tentei pensar que pode ser que ela quisesse falar algo mais íntimo, coisa de menina... Mas se o drama era mesmo só sobre a briga com os pais e a encrenca da academia, por que eu não podia participar?

Eita fase complicada!

Dá pra pular a adolescência e ir direto pra vida adulta?

Cara, como foi difícil dar um olé na Mara ontem à noite!

Cismou que eu tinha de contar tudo pra ela ontem mesmo, dizer qual era a conversa que queria ter.

Menina quando encasqueta é cruel!

Gravei uns dez áudios repetindo a mesma coisa: preciso contar para as duas ao mesmo tempo, não é algo que dá assim pra conversar separadamente...

Na verdade, não tenho que falar com as duas juntas, né? Eu estou é inseguro de me abrir e ganhar um sermão da Mara, ainda mais que ela não parecia estar de bom humor lá na sorveteria.

Com a Aline por perto vai ser mais fácil... eu acho. Isso se elas não ficarem o tempo todo discutindo. Se bem que eu prefiro que elas briguem entre si do que comigo.

A gente ficou até depois da meia-noite nessa pressão. Vai mensagem, vem mensagem e ela insistindo. Tá certo que gastamos uns minutos trocando ideia sobre a Aline. A Mara também está preocupada com ela.

Eu contei que a Aline vem emagrecendo nos últimos meses e que eu não acredito nessa história de massa muscular. Não dá para ver músculo nenhum naquele corpo magricela, e ela foge dos treinos de musculação sempre que pode. Gosta mesmo é das aulas de dança, *spinning*, tudo o que é atividade aeróbica para, como ela diz, "queimar, queimar, queimar".

E nessa última semana parece que ela piorou. Me assustei ao ver o tamanho das olheiras quando a gente se encontrou lá na sorveteria. Achei melhor não falar nada porque a Aline não lida bem com crítica. Teve uma hora em que não segurei e falei que eu acho que ela emagreceu demais, e a Aline tentou me enrolar falando que ganhou massa muscular. Desnecessário! Será que ela não se toca de que só engana a si mesma? Ou nem isso!

Eu disse para a Mara que acho que parte dessa situação, do jeito dela, é porque ela está triste com a relação com os pais. Quando a gente fica mal, costuma parecer abatido, não é? Tudo bem que eu não fico com olheiras quando estou triste... mas cada um, cada um.

A Mara discorda. Pensa que a Aline está doente pra valer. Chegou a falar em anorexia.

Aí já é demais!

A Mara pegou pesado.

Não acho que a Aline esteja anoréxica. Se bem que não sou nenhum especialista no assunto. Já vi umas fotos na internet de umas meninas anoréxicas e a Aline não parece estar doente daquele jeito. Só está magra demais.

Quando ela disse que precisava desligar e dormir porque teria prova hoje, eu fiquei feliz da vida. O papo com a Mara estava difícil e eu não consegui dormir bem, passei um tempo rolando na cama, sem conseguir pegar no sono.

E não foi só esse estresse de madrugada que recheou meu dia, não... Hoje a Aline também resolveu arrumar tempo para me pressionar... só que do jeito dela. Depois da aula, quando cheguei em casa, fiquei vendo minhas mensagens antes de almoçar e tinha um áudio enorme da Line, todo chantagem emocional, me chamando de Lipinho, gemeozinho e querido... pode? Será que ela não percebe que dá muito na cara quando quer alguma coisa?

Tudo isso para me convencer a abrir o jogo e contar antes para ela qual era meu assunto sério. Que competição! Parece até uma disputa para eleger a melhor amiga bisbilhoteira do ano.

Para dizer a verdade, quase escrevi contando, mas achei melhor me segurar e não criar conflito com a Mara. Respondi com um discurso parecido com o que fiz para a Mara de madrugada, almocei e fui para a academia.

É claro que, estrategicamente, esqueci meu celular no fundo da mochila enquanto treinava... o que era bem melhor do que deixar o aparelho desligado. Assim, não corria o risco de aguentar sessão de chantagem com a Aline me enchendo em meio ao treino... nem interrogatório do porquê de eu ter desligado o celu.

Agora, depois de tudo ter passado, estou aqui, jogado na cama pensando...

E o que vem na minha cabeça me incomoda, sabe?

De verdade, não estou legal.

Ontem elas nem me deram bola. Nenhuma delas sequer me perguntou sobre o que eu tanto precisava falar com as duas. Depois caíram matando, cada uma querendo ser a primeira a saber qual é o meu problema, como se realmente se importassem comigo. No fundo, acho que elas não estão interessadas em mim.

Certo... pode ser que eu esteja concorrendo ao prêmio de garoto neura do ano. Mas parece que elas querem é mostrar uma para a outra quem é minha melhor amiga. Meninas!!! Bem que meu pai diz que elas são complicadas.

Tem outra coisa que está martelando minhas ideias... Não queria ficar pensando sobre isso, mas não consigo evitar: ontem, quando a Aline chamou a Mara de desleixada, até eu senti raiva.

Uma amiga não deve falar assim com a outra...

Fora que a Mara me contou de uma outra briga delas em que a Aline a xingou de porca gorda... Pesado demais!

Acontece que, mesmo fazendo força para controlar meu pensamento, mesmo achando errado julgar assim e, muito mais, ofender alguém desse jeito... no fundo, eu concordo com a Aline. Quer dizer... com o que ela quis dizer, não com o jeito dela dizer.

Cara, minha mãe tem razão! Posso parar de achar que o mundo está errado e me transformar naquilo que mais odeio, que mais considero errado! Posso passar a julgar os outros pela aparência igual fui julgado a vida toda.

Isso é do mal!

Preciso arrumar um jeito de parar com isso já!

É uma droga pensar assim... mas o que eu vejo é que desde que a Mara começou a se dedicar à música, a vida dela se resume a cantar e a tocar. Parece que desencanou de se cuidar. Vive com roupas que têm cara de pijama. Está certo que ainda dá aquelas voltas de bicicleta no fim de tarde, mas acho que ela devia se cuidar mais, mostrar que gosta de si mesma. Tipo... Não sei. Ela até que continua se importando com o corpo, cuida do "por dentro", como ela diz... mas deixou de cuidar do "por fora" e anda total largada.

Também, a menina encheu o tempo dela com música. Lá no bairro dela entrou num projeto e faz aula de canto, de violão e, agora, de percussão. E tem os ensaios com a banda de rock... Fora a escola. Não sobra tempo para mais nada.

A gente era bem parecido antes. Nós fazíamos tudo quanto era programa nerd juntos. Agora, a Mara é meio o oposto de mim... Eu estou dando quase todo o meu tempo para a academia, para cuidar do meu corpo. A Mara só cuida da cabeça. Talvez o melhor para nós dois fosse descobrir um equilíbrio, né? Cuidar do corpo e da cabeça ao mesmo tempo... mas não faço a mínima ideia de como conseguir isso. Até porque minha cabeça tá um nó.

x x x

A Nina veio falar comigo hoje. É... esse foi mais um enrosco do meu dia. Nem ia escrever aqui, mas sei lá, saiu.

Estou tentando ver se dói menos ignorar o que me incomoda. Dói igual... Então vou parar de ignorar e remoer mesmo.

Foi na saída da escola. Ela disse que não entendeu por que eu sumi tão de repente lá do shopping no domingo, que estava tudo tão legal e, do nada, eu armei o maior clima ruim.

EU???

Quase que eu respondi: Peraí, você não entendeu nada? Quer que eu desenhe?

Assim... se ela não entendeu o que aconteceu e ainda achou que eu criei o tempo ruim, só desenhando para a menina entender, né?

E o que foi que eu fiz?

Pedi desculpa e disse que não me senti bem. Que fazia tempos que não comia fritura e foi cair no estômago para me dar uma baita de uma azia e minha cabeça estourou com uma enxaqueca horrível.

Aí ela disse que entendia, mas que eu podia ter explicado ao invés de sair daquele jeito.

Dá para acreditar? Eu fui atacado, destruído, humilhado e ainda assumi a culpa!!!

E sabe o que é pior?

É, tem pior...

Acho que estou gostando da Nina. Acho não. Eu estou gostando da Nina.

Dá para complicar mais? Tomara que não! Existe uma saída de emergência da adolescência? Se alguém descobrir, me mostra!

ALINE

CHOVE LÁ FORA E EU CHOVO JUNTO

Quer saber? Acho um saco essa coisa de chover ser um verbo defectivo. (Mandei bem... Minha prô de língua portuguesa devia ler isso!) Não conjugar verbo impessoal na primeira pessoa não tem nada a ver! Eu conjugo! (Isso ela não ia gostar de ler.)

Eu chovo.

É perfeito isso. Descreve tão bem meu estado de espírito!

Sabe que nem sei se vou nesse encontro com a Mara e o Lipe? Ainda mais com essa chuva toda... lá fora e aqui dentro de mim.

Desânimooooo!!!

▶ Me disseram que quando eu ficasse mais velho
    todos os meus medos diminuiriam
      Mas agora eu sou inseguro
  e eu me importo com o que as pessoas pensam 🎵

Shirley Souza

É... Twenty One Pilots, estou total *Stressed out*... Vocês dois me entendem, né? Sei que sim. Devem ter passado por experiências bem iguais à minha vida.

— — • — —

Hummm... No fundo eu acho que devo ir. Quero descobrir qual o problema do Lipe...
É isso! Então, eu vou.
Tentei xeretar o que ele tem para contar, mas não consegui nada. Moleque difícil!
A encrenca é que, se eu for, vou precisar falar de mim e já nem quero mais conversar sobre minha vida. Ninguém me entende mesmo!
A Mara não me ajuda... só julga e dá lição do que é certo ou errado. Ela vai tentar me convencer a contar tudo para os meus pais de novo. Como se isso adiantasse alguma coisa! Imagina se ela descobrir que minha menstruação não veio! Vai surtar e concluir que estou doente! No fundo, a Mara também não me entende e não assume isso. Teve uma época em que a gente era superligada, fazíamos tudo juntas, inclusive os regimes... Era divertido.
Ela era tão bonita! E agora está imensa!!! Deve estar usando manequim 42! Céus! Não sei como se descuidou

tanto. Tenho pena dela, deve estar bem mal e não tem coragem de se abrir... Só pode!

O Felipe não vai ter nenhuma ideia brilhante, ainda mais se está realmente com algum problema sério, como falou no áudio de ontem.

E, quer saber? Eu não preciso mais dos dois.

Ontem encontrei ajuda na internet.

Fui aceita em uma comunidade de meninas que pensam igual a mim e são superconscientes com esse lance de manter o corpo magro e bonito. Já estou conversando com uma garota direto, a Moniquinha.

Me sinto muito mais segura agora que tenho certeza de que mais gente pensa e age como eu. Elas confirmaram tudo o que andei pesquisando nos sites e blogs, e ainda contaram suas experiências. Sei que estou fazendo o melhor para mim e até me conformei com as aulas de hidroginástica, pelo menos por enquanto. Assim meus pais ficam felizes e me dão uma trégua.

Com a Moniquinha estou conversando sobre outros jeitos de ficar magra, e a academia, no fim das contas, nem vai fazer tanta falta. E o tempo que eu passava malhando, agora passo falando com ela e as outras meninas!

De repente, vou ficar feliz de novo.

Logo vai parar de chover dentro de mim.

Achei a minha tribo! O que mais falta?
Não sei... Falta alguma coisa.

— — • — —

Bom, o negócio é respirar fundo, enfrentar a chuva e ir para a sorveteria de uma vez.

NA SORVETERIA 2
QUINTA-FEIRA, 15:15 HORAS

Quando Aline chegou na sorveteria, toda molhada da chuva, encontrou Mara e Felipe conversando animadamente em uma das mesinhas bem perto da entrada. Os dois dividiam um refrigerante. Aline não se conteve e lançou uma de suas observações nada delicadas:

– Gostei de ver, Mara! Abandonou seus sorvetes engordativos!!! Voltou a se cuidar?

– Oi, Aline! Que chuva, né? – respondeu Mara, parando de sorrir e sentindo um peso por dentro. Decididamente não precisava ouvir algo assim nesse momento, mas não tinha vontade de mostrar para a amiga o quanto suas críticas a magoavam.

– Oi, Aline! Senta aí! Cheguei molhado que nem você... mas com esse calor sequei rapidinho – cumprimentou Felipe, animado.

– Oi, amigo! – Aline deu um beijo em cada um, sem perceber o desconforto de Mara, e sentou-se. – Lipe, você não começou a falar sobre seu problema antes de eu chegar, né? Seria muita falta de consideração... – perguntou já com a intenção de desviar o assunto para o amigo e assim não ter de falar sobre sua vida.

– Não, mantive minha palavra: vou conversar com as duas juntas. Eu tava contando pra Mara o que aconteceu lá no colégio hoje, com o Pedro, na aula de geografia...

Aline deixou de prestar atenção. Passou a se concentrar no barulho da chuva para não ouvir Felipe. Não queria escutar aquela história. Não estava com paciência para falar do colégio, dos amigos e das bobeiras do Pedro, que sempre aprontava.

Mara também ouvia sem vontade, não gostava muito de falar sobre o antigo colégio, os antigos colegas, a realidade que deixou para trás. Cada vez mais se sentia fora desse dia a dia que unia Aline e Felipe.

Aline pensava que se afastara da Mara antes da mudança de escola. Com o passar dos meses, estava ainda mais distante dela. E, sem a academia, provavelmente se distanciaria de Felipe também, já que na escola não ficavam no mesmo grupo de colegas, só frequentavam a mesma classe. Era na academia que eles viravam uma dupla inseparável. Agora, isso não existia mais.

Os pensamentos de Mara não eram muito diferentes.

Ambas começavam a se perguntar o que estavam fazendo ali, ainda mais com toda aquela chuva.

Enquanto Felipe narrava alguma coisa sobre Pedro, Mara pensava que na nova escola ainda não se enturmara de verdade. No fundo, sentia que seus melhores amigos eram aqueles dois alienados sentados à sua frente.

Aline refletia que não tinha colegas para substituir Lipe e Mara em sua vida. Poderia contar com as novas amizades da internet, porém não seria a mesma coisa... Não dava para sentar na mesa da sorveteria com eles e rir, falar bobagens, dividir um refrigerante. Gostava daqueles dois bobocas.

Pensavam nisso tudo e mantinham um sorriso no rosto como se estivessem prestando atenção no relato do amigo. De vez em quando balançavam a cabeça, demonstrando uma concentração que não existia. Quando Felipe caiu na risada, riram também... sem saber do quê.

– Bom... E você, Felipe? Qual o problema sério que anda atormentando sua vida? – Aline tentou novamente focar a conversa. Queria voltar logo para casa...

– É... Eu... Assim...

– Fala logo, Lipe. Não foi você quem disse que precisava conversar com a gente? – Mara interrompeu a hesitação do amigo.

— Bem, é o seguinte: os caras lá da academia vão importar um suplemento que parece ser fantástico. Eles falaram que um mês tomando o negócio a gente vê o resultado, os músculos crescem rápido, e que em pouco tempo fica tudo megadefinido. E esses caras me convidaram para entrar no rateio. O que vocês acham?

— Ai, Lipe... Aproveita! Deve ser alguma coisa especial, né? Aqueles caras têm uns contatos legais nos Estados Unidos. Já andei conversando com eles – apoiou Aline toda entusiasmada.

— Que horror, Aline. Não é bem assim, né? Felipe, esse tal suplemento vai ser contrabandeado, não é mesmo? – perguntou Mara com uma expressão séria.

— É um primo de um deles que vai comprar uns potes do suplemento e vai trazer o negócio na bagagem. Parece que faz isso a cada dois meses mais ou menos... Isso não é contrabando, né?

— Claro que não! – respondeu Aline segura. – Aproveita! Você vai ficar lindo todo musculoso!

— Ele já tá musculoso, Aline. Olha o tamanho do braço dele! Pra que mais? E claro que é contrabando, Lipe! – falou Mara mais alto, visivelmente irritada com a inconsequência da amiga. – Felipe, como garantir que esse suplemento é seguro? Para trazerem de lá, é bem provável que nem foi aprovado aqui no Brasil!

— Ai, Mara! Como você é chata!!! E desinformada também!!! Suplemento alimentar não é que nem remédio... não precisa de registro e coisas assim... Os meninos devem estar combinando esse esquema porque deve ser algum produto novo que ninguém começou a importar ainda. E, fala sério, se vende nos Estados Unidos deve ser ótimo...

— Que horror, Aline! Não é nada disso — Mara rebateu impaciente e um tanto ofendida. — Tem muito produto ilegal que pode ter sido feito de maneira irregular, conter coisas que fazem mal à saúde... Acho que é você quem está desinformada, tem até produtos veterinários que são importados e vendidos por baixo do pano pra consumo humano. E os efeitos colaterais deles nas pessoas são desconhecidos. Olha o perigo!

— Desde quando você virou especialista em músculos, Mara?

— A nossa antiga professora de educação física conversou sobre esse assunto em várias aulas, Aline. Não lembra? Pensa um pouco: um produto que promete fazer os músculos se desenvolverem em um mês, ou é uma fraude, ou é uma bomba de verdade... Felipe, acho muito arriscado entrar nessa.

– Pode ser... – falou baixinho Felipe, muito pensativo.

– Quanta besteira, Mara! Você faz drama de tudo. Esses caras da academia malham há um tempão. São beeem mais velhos, tipo vinte, 22 anos... Sabem cuidar do corpo. Não tem ninguém doente lá. Pelo contrário. Você acha que eles vão entrar numa roubada? Sem chance!

– É... Acho que você tem razão... – comentou novamente Felipe, demonstrando muita insegurança e não conseguindo decidir qual das amigas estava certa.

– Lipe, vai de cabeça! Você não quer ficar todo fortão, igual a esses caras? Então tem que tomar suplemento, sim! Ninguém fica com aquele corpão vivendo só de comidinha da mamãe. Quanto antes começar, melhor!

– E se você procurar um médico ou uma nutricionista? – Mara sugeriu de repente, e conseguiu despertar a atenção do amigo.

– Lá vem você de novo, Mara... Olha pra você: toda certinha, seguindo dieta de nutricionista e virando uma bola! – Aline caprichou no veneno, não queria ver o amigo desistindo de uma oportunidade pelo que ela considerava um monte de besteiras.

Mara ficou muda. Não fazia sentido argumentar. Aline estava agindo de maneira irracional, e ela não estava bem para enfrentar uma batalha de desaforos. Não se sentia segura para revidar.

Felipe também estava quieto. As amigas o fizeram pensar bastante, de um jeito mais profundo do que ele tinha feito até aquele momento. A turma da academia já tomava esse suplemento há algum tempo, não era a primeira remessa que traziam e ninguém parecia estar doente ou enfrentar algum problema por usar o produto. E achava legal esses caras mais velhos o terem convidado para participar do rateio. Enquanto pensava sobre toda a situação, Mara arriscou mais uma vez:

– Felipe, por que você não conversa com a professora de educação física? Ou, sei lá, troca ideia com um dos instrutores da academia? Um daqueles caras que ficam na musculação? Acho que eles sabem mais do assunto do que eu ou a Aline.

– Fala com o Gérson! – vibrou Aline. O professor era o mais forte da academia, treinava pesado, e ela tinha certeza de que ele devia tomar algum suplemento ou algo mais radical.

– É... Essa é uma boa ideia. Valeu, Mara! Valeu, Aline! Vocês são demais!

– Bom, eu preciso ir agora. Tchau, amores! – Aline falou e foi levantando.

– Espera, a gente nem conversou sobre o seu problema, Aline! – manifestou-se Felipe.

– Ai gente, vai ficar pra outro dia! Eu tenho cabeleireiro agora... – mentiu. – Minha mãe marcou o horário sem me consultar... só pra variar – e fez sua melhor cara de vítima inconformada.

– Como estão as coisas? – perguntou Mara, meio sem vontade.

– Tudo na paz! Encontrei minha paz interior. Mas outra hora explico, ok?

– Meninas, aquele filme com a Joana Vaz estreia daqui a duas semanas. Vamos assistir juntos na quinta?

– Pode ser... – respondeu Mara, lembrando que precisava checar se não teria alguma aula de música e, ao mesmo tempo, avaliando que faltar a uma aula não era o fim do mundo.

– Eu topo! A Joana Vaz é simplesmente MARAVILHOSA!!! – respondeu Aline empolgada.

– Ela é uma anoréxica, isso sim! – rebateu Mara, que ainda estava engasgada com os desaforos da amiga.

– Que anoréxica que nada! Isso é fofoca da imprensa invejosa. Ela é linda! Queria eu ter um corpo daqueles...

– Só de pele e ossos? – Mara falou sem pensar, porém percebeu que, no fundo, queria machucar a amiga.

– Se você não gosta dela por que vai assistir ao filme? – irritou-se Aline.

– Apesar de achá-la bem esquisita, não dá pra negar que ela é boa atriz e eu gostei de todos os filmes em que ela atuou.

– Você não quer é assumir, Mara! Também acha a Joana Vaz linda...

– Tá, Aline. Não adianta discutir com você – Mara estava sem paciência e não se esforçou para segurar um suspiro que revelava sua irritação. – Seguinte, antes de nos despedirmos: vocês vão à festa da Camila no mês que vem?

– Claro! Ela mandou o convite pro meu celular e eu já confirmei. Disse a ela que você já tinha chamado – respondeu Felipe animado.

– Eu não sei... Nem conheço ela direito, Mara.

– Como não? A gente já foi ao cinema várias vezes, vocês se falavam direto até onde eu sei.

– Faz um tempo que não troco mensagem com ela. Eu dava umas dicas de moda pra ela, mas parei. Ela é sua amiga, não minha.

– Certo, não quero brigar mais... Mas você pode ir só pra me ouvir cantar, Aline.

– Hum... Tá... Acho que vou... mas não tenho certeza...

– Que horror, Aline. Você não vai nem pra me ouvir cantar? – Mara não se conteve.

– Prometo fazer o possível, Maroca. Agora beijos que estou atrasada.

Despedidas feitas, cada um foi para o seu lado com o seu guarda-chuva. Aline havia conseguido escapar e sentia-se vitoriosa, feliz por não ter falado sobre si. Deu a volta no quarteirão para despistar Felipe e nem se incomodou com ter de andar na chuva. Felipe também seguia mais leve, conversara com as amigas e agora sabia o que fazer, pelo menos estava seguro do próximo passo.

Mara, ao contrário dos dois, voltava pesada para casa... Sentia-se tão cinzenta quanto o céu. Não conseguira se abrir, falar com os amigos como havia planejado, no fundo temia que nem fossem mais tão amigos.

MARA

TÔ MAL

Voltei para casa meio mal. Saio daqui da ZL, pego uma hora de busão, porque com a chuva tudo ficou mais complicado, para chegar lá e engolir desaforo da Aline.

Acho que está na hora de eu parar de fazer isso, de atravessar o mundo para ajudar meus amigos... Amigos que não estão nem um pouco a fim de me ajudar.

~ * ~

Tomara que o Felipe tenha juízo e não comece a tomar esse tal suplemento sem falar com alguém que entenda disso. A Aline é uma maluca! Que horror! Vive abusando, não come direito, faz aqueles regimes radicais e agora quer convencer o Lipe a fazer doideira também. Não dá.

E aquilo de que já resolveu a vida?

Duvido. Para mim ela está é aprontando algo. De novo...

E eu?

Penseira em forma de papel, fui para a sorveteria com vontade de me abrir, querendo dizer para a Aline que aquela história de me chamar de desleixada pegou fundo, disposta a pedir ajuda para meus amigos e travei. Não consegui falar nada.

Tá feia a situação dentro de mim.

Sabe qual é o problema? Eu vivo dizendo que mais importante do que um corpo perfeito é um corpo saudável... que não ligo para essa idolatria da aparência... que sou empoderada... Acontece que, no meu caso, o corpo saudável é um tanto arredondado e, por mais que eu seja mesmo empoderada, tem horas em que eu me enrosco em minhas inseguranças. Não conto isso para ninguém, mas fico BEM insegura. Afinal, parece que só as magrelas fazem sucesso neste mundo.

Tá certo, penseira... se comecei a escrever isso vou me abrir total com você!

Ontem teve ensaio da banda aqui na Associação, do lado de casa. Correu tudo superbem, e quando o povo foi embora, o Guto, nosso batera, ficou conversando comigo em frente ao portão. Eu terminei de ajudar a colocar a bateria no carro dele e ficamos zoando que um dia o Batedeira desmonta. Com esse nome, dá pra imaginar como é o carro do Guto, né?

Estava leve, divertido ficar ali com ele. Eu nunca falei para ninguém, mas sou apaixonada pelo Guto, sempre fui. Eu acho. Mas ele nunca dá mole, então não arrisco. Pois bem, a gente estava conversando e a minha vizinha, Tatiana, passou. Ela é muito mais velha. Está até na faculdade. Deve ter uns vinte anos!!! Foi ela passar e o Guto quase quebrar o pescoço olhando para a menina. E ainda disse:

— Mara, como sua vizinha é gata!

— Ah... É desse tipo de menina que você gosta?

— Que tipo?

— Assim... patricinha e velha? — falei sem pensar... morrendo de ciúme.

— Velha? Não parece velha... Quantos anos ela tem?

— Uns vinte, acho.

— Então não é velha, né, Mara? Eu tenho 18. Gosto de menina de cabelo comprido, lisinho que nem o dela, que se cuida, sabe se maquiar, com o corpo magrinho...

Aí deu um aperto, sabe? Senti até vontade de chorar. Acontece que eu sou osso duro de roer, como diz minha mãe. Não podia deixar a situação assim, acabar a conversa desse jeito estúpido, era melhor ir até o fim. E eu fui:

— Quer dizer que uma menina mais cheiinha, assim que nem eu, não tem chance?

— Que papo aranha é esse, Maroca?

— Nada de absurdo. Apenas estou querendo saber se você é radical e idiota como a maioria dos caras, que só quer saber de namorar o tipo padrão de mulher gostosa.

— Isso é coisa de homem, não é idiotice. Cada homem gosta de um tipo de mulher. É natural. É instinto! E acho mesmo que mulher tem que se cuidar, que garota magra e malhada é mais atraente.

— Nossa! Quanta besteira junta! Não fazia ideia de como você é um cara tão sem noção, Guto.

— Ih, Mara, como você tá azeda! Desse jeito nem os caras que curtem uma gordinha aguentam. Precisa melhorar esse humor, garota! Fui! Se tiver uma chance, passa meu número pra sua vizinha, tá?

— Azeda é a mãe! Tomara que o Batedeira desmonte no meio do caminho! — respondi, mas acho que ele nem ouviu.

Que horror! Que moleque absurdo! Como eu posso gostar de um cara desses???

Me senti um lixo e fiquei ali no portão parada pensando, tentando entender e não conseguindo. Isso ficou zumbindo na minha cabeça igual a um vespeiro! E continua aqui, me atormentando. Será que a Aline é que está certa em ser tão obcecada por manter o corpo magro?

"Mulher tem que se cuidar."

O que ele quis dizer com isso? Ai, que ódio!

E ele se cuida? Vive de tênis encardido, cabelo ensebado... Como eu posso gostar dessa criatura?????

É evidente que fiquei pior depois dessa conversa na lanchonete.

Minha mãe vive me dizendo que sou bonita, que estou

virando um mulherão... Mas mãe não conta, né?

Ela também fala que eu só preciso parar de usar moletom e camiseta extragrande, que eu me escondo... Bobagem dela!

Estou realmente em crise. Não quero ser um esqueleto que nem a Aline... Mesmo assim, é difícil me aceitar quando todo mundo ao meu redor parece ser magro ou querer ser ou só gostar de menina magra.

Será que estou exagerando?

Acho que não!

Todo mundo sabe que esse padrão de beleza não é natural, foi imposto pela mídia... blá-blá-blá.

Olha... Seja qual for a origem, o tal padrão pegou e parece que derreteu o cérebro das pessoas. O meu também está meio que derretido depois do que ouvi do Guto e da briga com a Aline.

Será que o melhor é lutar contra a nossa natureza para ser igual a todo mundo?

Não faz sentido! Não tem ninguém igual a ninguém... Normalmente eu responderia: "Claro que não! Precisamos ser quem somos!".

Hoje eu não sei.

Tô mal, penseira.

LIPE

AINDA É DE MANHÃ... EU ACHO

Minha mãe me chamou para o café. Sem chance. Domingão e eu cheguei às três da madrugada da festa da Camila. É claro que ela ficou brava e, antes de dormir, ouvi um sermão sobre eu não ter idade para essas noitadas, ainda mais na periferia. Falou que acha melhor eu reavaliar minha amizade com a Mara, agora que ela não está mais estudando no Ferreira Boas. A gente discutiu feio.

Como ela pode ser assim? Até alguns meses atrás a Mara era um exemplo, ela adorava quando eu a trazia aqui... Agora, não é mais uma boa amizade? Só porque não estuda no mesmo colégio? Morar na periferia ela sempre morou.

Tá certo que minha mãe nunca gostou que eu fosse visitar a Mara ou saísse com a galera de lá, mas nunca proibiu, nunca tinha deixado tão claro esses preconceitos todos. Desde que meu pai se mudou para Curitiba, minha mãe virou uma superprotetora, daquelas com radar, sabe?

Estou pensando aqui e não tem nenhuma heroína com quem eu possa comparar a dona Júlia. Figura complicada!

Ela repete direto que agora é a única responsável por mim e tem o dever de me orientar. Vive estressada, para não falar que vive completamente alterada. Reclama que trabalha demais e ainda precisa arranjar tempo para me monitorar.

Fala de um jeito como se meu pai tivesse morrido.

Está certo que para ela é como se ele tivesse morrido de verdade, ainda mais depois que ele assumiu o namoro com a Fatinha, uma garota de uns vinte e poucos anos. Todo tempo livre ela fica *stalkeando* o velho nas redes sociais. Desse jeito não tem como a dona Júlia ser feliz!

Não concordo com tudo o que ele fez, sério. Mas nem por isso ele deixou de ser meu pai. Assumo que ele anda meio distante, mas a gente troca mensagem todo dia, ou quase... Bom, o fato é que a minha mãe me encheu até umas quatro da manhã e, depois, queria que eu levantasse cedo para tomar café. Não dá, né?

Aí, acordei só agora e ela deixou uma bandeja com suco, pão com manteiga e esse bilhetinho:

"Fê, vou à feirinha de orgânicos. Desculpa se exagerei. Eu me preocupo... Sabe como é, né? Amo você, meu filho.

Beijo, mamãe."

Eu também amo essa dona Júlia, o problema é que ela exagera cada vez mais. O seu Marcelo, pai da Aline, foi buscar a gente depois de sair de uma festa de velho. Eu não tenho culpa de ele ter apanhado nós dois tão tarde. Se bem que gostei de poder curtir mais a galera e a festança.

A Mara arrasou! A banda toda estava ótima. Tocando muito.

Eles começaram às nove da noite e foram até às duas da manhã. Nem sei como aguentaram tocar tanto. Fizeram umas pausas, mas rapidinhas. E era muito louco porque, quando paravam, tocava de tudo... funk, pagode, eletrônica... Aí eles voltavam e só rock. Acho que agradou a todo mundo. Tinha gente demais! Eu não conhecia quase ninguém, mas foi muito fácil me enturmar. Era falar que era amigo da Mara que todos abriam um sorriso e puxavam pra conversar, pra dançar, pra comer, pra tudo.

Andei de skate numa pista meio estranha, velhinha, mas que serviu para muita diversão. E, perto da meia-noite, conheci uma galera que resolveu jogar RPG e eu fui junto. Pegamos uma mesa, umas cadeiras, arrastamos para um canto e ficamos lá até a Aline aparecer para me chamar. Curti demais. Tanto que marquei de encontrar os caras de novo no próximo fim de semana.

Os pais da Mara e o Caio, irmão dela, apareceram por lá perto das dez da noite e assistiram a um pedaço do show na maior empolgação. Eu acho o seu Lucas e a dona Andréa muito legais, eles sempre dão a maior força para a Mara e não criam aquelas situações mico, entende?

Conversam com a galera como adultos, mas de um jeito leve e, quando o papo é sério, eles conseguem passar o recado sem sermão. Queria que aqui em casa fosse assim!

x x x

Bom, escrevi um monte e nem comentei nada sobre minha vida na academia. Demorei um pouco para decidir como falar com o Gérson. Aí, na sexta, anteontem, eu falei. A conversa rendeu, apesar de eu chegar todo sem jeito:

— Gérson, será que posso levar um papo com você?

— Manda, Lipão!

— Seguinte, o que você pensa sobre os suplementos alimentares?

— São uma ajuda e tanto pra quem malha muito, cara, ainda assim precisa ter cuidado, é bom procurar orientação... Tem uns que tomam direto, sem um acompanhamento adequado, achando que o negócio vai fazer milagre e, de repente, desanimam, param de malhar. Aí viram uma bola.

— Como assim uma bola?

— Engordam pra caramba.

— Eu, hein! Você usa?

— Uso, mas tenho um médico que me orienta e uma dieta bem equilibrada.

— Você acha que seria legal eu usar?

— Eu não sei... Ainda mais porque você tá em fase de crescimento. Se você tá pensando nisso, vale a pena consultar um médico especialista em práticas esportivas. Se quiser, indico o meu.

— Valeu!

Saí da conversa com o telefone do médico e a sensação de que a Mara tinha razão. Já pensou engordar por não saber direito como tomar o negócio?

O problema é que para ir ao médico preciso conversar com a minha mãe... e a dona Júlia, com certeza, fará um monte de perguntas. Acho que é melhor dar uma pesquisada na internet e ficar mais afiado para convencê-la. Não vai ser fácil...

ALINE

ÔÔÔ LINDEZA DE VIDA!

Passei o domingo todo na internet. Dei uma pausa porque meus pais ficaram enchendo, dizendo que preciso tomar um ar, mas vou voltar daqui a pouco.

Contei para minhas novas amigas da festa de sábado... Foi bem boa.

Eu não estava com muita vontade de ir para uma balada na periferia onde eu não conhecia quase ninguém. No fim, acabei curtindo a noite toda. A galera da Mara recebeu muito bem o Lipe e eu. Tinha uns carinhas bem gatos lá e eu fiz o maior sucesso. Todo mundo me elogiou um monte, as meninas falaram do meu cabelo e disseram que sou magra que nem uma modelo, uma atriz de cinema. Amei!

Algumas garotas chegaram a perguntar qual dieta estou fazendo e se faço muita atividade física... tipo querendo a receita para ficar igual a mim. Pode? Claro que não entreguei o ouro assim fácil, né? Falei que encontrei uma nutricionista ótima e, se quisessem, passaria o telefone.

He-he-he... Se elas seguirem a dieta da tal nutricionista vão virar um bando de porcas gordas, isso sim.

Falando em gorda... A Mara realmente precisa se cuidar. E urgente! Ela deve estar com uns oito quilos a mais que eu!!! Ou mais!!!!!!!!

O show dela foi ótimo. Realmente está cantando bem demais... Só que o visual não ajuda. E a imagem é muito importante para quem trabalha com arte. Ao que parece, ela não sabe disso. Ou se sabe, faz que não liga. Não acreditei quando a vi no palco com uma calça que parecia um pijama e uma bata larga jogada por cima... Essa composição bizarra deixou a Mara ainda mais gorda. Coitada! Deu pena.

Teve umas coisas bem legais... tipo... foi bom rever o Henrique... Ele era meu *crush* até o ano passado lá na escola. Agora, no Ensino Médio, ele mudou de escola também e não nos vimos mais.

O Henrique veio todo doce, me elogiou muito e ficamos juntos a festa toda. Até combinamos de ir ao cinema para ver o tal filme da Joana Vaz... Vamos com a Mara e o Lipe.

Eu vou dar um jeito de despistar os dois e conseguir certa privacidade, é claro.

O Henrique mexe comigo, sabe? Como diriam meus amigos do Black Keys:

▶ Bem, eu estou muito acima de você, isso é fácil de ver
Mas comecei a te amar de algum jeito 🎵

O resto da música não tem nada a ver comigo, porque o cara acaba sofrendo e esperando, esperando por esse amor. Mas o início tem tudo a ver e o ritmo é muito legal, não dá pra ouvir parada... Então o resto da letra eu imagino do meu jeito!

—— • ——

Retomando os registros da festa-show... Fora eu, o Henrique e o Lipe, não tinha mais ninguém do colégio lá. Também... pra atravessar a cidade e se enfiar em um galpão na periferia em pleno sábado à noite, só amando muito a Mara! O rolê foi imenso, é preciso admitir, mas o lugar era bem legal, parecia cenário de filme.

Juro que eu achei que meus pais não iam me deixar ir, mas minha mãe adora a Mara e a acha a pessoa mais confiável do mundo. Aí, meu pai levou e buscou o Felipe e eu. Foi reclamando, mas foi.

Bom, acordei bem tarde hoje, conectei e comecei a conversar com a turma. E, como disse, não parei mais. Minha mãe me chamou para o café milhares de vezes. Eu disse que ia logo e não fui. Ela acabou desistindo e saiu para caminhar com meu pai. Ainda bem. Assim não enchem e aproveitam para discutir na rua... porque a única coisa que eles fazem quando estão juntos é brigar. Tá cada vez pior!

Do almoço eu sabia que ia ser difícil escapar... Odeio almoço de domingo!

Durante a semana estou sempre sozinha, mas no domingo meus pais fazem questão de almoçarmos juntos e aproveitam para controlar o que eu como ou deixo de comer. Uma coisa TERRÍVEL!!!

Fiquei tão envolvida com a conversa com as meninas que nem percebi o tempo passar. Quando me dei conta, já estavam gritando que a mesa estava posta. E não deu outra! Meus pais fizeram uma macarronada com frango assado e um bolo com sorvete para sobremesa. Minha mãe fez questão de montar o meu prato e eu me senti vigiada o tempo inteiro.

Tentei enrolar e comer pouquinho, mas aí meu pai começou uma conversa macabra:

— Aline, a Josefa nos disse que você não está seguindo a dieta da doutora Ana. Isso é verdade?

Sinceramente!!! Essa Josefa, a nossa empregada-faz-tudo, é a maior dedo-duro. O que deu nela para se intrometer na minha vida?

— Bem, pai... Tem dia que eu não tenho vontade de comer aquilo tudo e tem dia que eu como... Depende do meu apetite, entende?

— Segundo a Josefa, tem uns dois meses que você está comendo menos da metade do orientado pela doutora Ana, minha filha. Fora quando não come nada... Como é ela quem prepara sua comida, acho que deve saber o que está acontecendo, não, Aline? — continuou meu pai, em seu tom de "toda calma desse mundo".

— Pai, sinceramente... Não sei de onde a Josefa tirou essa ideia. Devo ter feito algo que a irritou e ela resolveu se vingar... Sei lá.

— Não seja boba, Aline. A Josefa é de confiança. Está conosco desde que você era um bebê... Com certeza ela não inventaria algo assim... Ela disse que você anda jogando o resto da comida no vaso sanitário... — minha mãe falou essa última parte sussurrando, como se estivesse contando um segredo. E, é claro, estava torcendo as mãos.

— Como ela pode saber disso? Ah, mãe... É meio absurdo, né? Pense um pouco... se eu jogo na privada, dou descarga... como ela pode saber que joguei a comida lá???

— A Josefa conhece você desde que era um bebê, Aline — repetiu meu pai, já bem sério. — Está muito familiarizada com suas artimanhas.

– E isso transforma a Josefa em uma adivinha? – perguntei tentando manter a pose.

Meus pais se calaram. Não sei se foram convencidos ou recuaram para atacar num segundo tempo... Eu nunca ia admitir que estava mesmo agindo desse jeito que a Josefa descreveu. E o pior era que eu não tinha a mínima ideia de como ela descobriu isso tudo.

Fazer o quê? Para desmentir a Josefa, ou pelo menos deixá-los na dúvida, comi tudo o que estava no meu prato e ainda repeti um pedaço de bolo. A quantidade de calorias que ingeri foi inacreditável! Eles ficaram felizes da vida, e eu me senti péssima depois.

Não havia outra solução, após o almoço fiz o que tinha visto na internet: corri para o banheiro e vomitei tudo, macarrão, frango, bolo, sorvete, tudo... numa gosma nojenta!

Foi difícil provocar ânsia, mas depois saiu toda a comida de uma vez. Contei para minhas amigas e elas deram a maior força! Disseram que fiz o melhor para mim. Realmente, eu me senti limpa depois de colocar toda aquela porcaria para fora, fiquei leve e sem culpa.

E a Moniquinha ainda me ensinou outros jeitos para provocar vômito das próximas vezes. Vou testar! Essa Moniquinha é ótima!

NO SHOPPING
QUINTA-FEIRA, 14:00 HORAS

Naquela tarde abafada e agitada, Mara foi a primeira a chegar e ficou ali na porta de entrada do shopping, de braços cruzados, esperando e demonstrando toda sua impaciência em sua expressão corporal... e na expressão facial também.

Ela não gostava de ser sempre a primeira, não gostava de ficar plantada aguardando pelos outros, mas também não conseguia atrasar... por mais que tentasse.

Contudo, o mau humor não durou muito porque não precisou esperar demais. Menos de cinco minutos depois, Felipe chegou todo sorridente. Ela nem percebeu que os dois ficaram conversando ali na entrada por mais vinte minutos, até que Felipe se mostrou incomodado:

– Puxa, a Aline sempre atrasa, né? A sessão começa às três horas... A gente precisa comprar os ingressos... e já são quase duas e meia!

– Acho melhor ligar pra ela... – Mara pegou o celular meio sem vontade.

— Você liga?

— Deixa comigo... Aline? É a Mara... Onde você está?... NÃO ACREDITO!!! Pô, Aline... que horror! Não combinamos na entrada às duas horas?... Combinamos, sim... Até já, então.

— O que foi? Ela vai demorar?

— Felipe, a Aline já chegou faz um tempão. Até almoçou no shopping, acredita?

— E onde ela está? Por que não veio encontrar nós dois aqui, como combinamos?

— Ela está com o Henrique...

— O Henrique Pereira que era da nossa turma?

— Isso. E os dois estão esperando a gente em frente ao cinema porque a Aline diz que combinamos lá. Pode? Eles compraram as cadeiras 8 F e 9 F.

— Não acredito! Só a desmiolada da Aline mesmo. E nós dois aqui plantados... esperando a princesa por quase meia hora... Vamos pra lá, então. Tomara que as cadeiras ao lado deles estejam vazias.

E foram. Compraram os ingressos 10 A e 11 A, porque a fileira F e todas as outras estavam cheias, um balde de pipoca, dois refrigerantes diet e chegaram em frente ao cinema faltando dez minutos para a sessão começar... Ficariam na primeira fila, por causa do desencontro, e a história não acabou aí:

– Cadê a Aline??? – perguntou Felipe, não acreditando que a amiga, mais uma vez, não estivesse no local combinado. – Ela não disse que estava esperando a gente aqui?

– Vou ligar pra ela, já – Mara respondeu revirando os olhos. – Aline, cadê você?... Mas você não disse que ia esperar eu e o Lipe aqui na frente da entrada???... Puxa, Aline. Que saco!

– O que foi agora? Onde ela se meteu? Não vai me dizer que está em outro shopping!!!

– Menos, Lipe... Ela e o Henrique já entraram.

– E nem pra avisar? Se você não liga... íamos ficar plantados aqui até quando?

O passeio em grupo não estava sendo legal para os dois e a culpa era toda da Aline.

– Por que ela está agindo assim? – Felipe estava inconformado. – Não combinamos de vir juntos assistir ao filme? Se ela não queria vir com a gente, por que topou? A gente chegou cedo, podia ter comprado ingresso para um lugar melhor...

– Acho que ela quer ficar sozinha com o Henrique. Lembrar os velhos tempos de escola...

– Está rolando algo entre eles?

– Não sei. A Aline não conversa mais sobre essas coisas comigo. Mas rolou algo no ano passado, lembra?

– O Henrique cada semana ficava com uma menina... Nem me lembro de ele ter ficado com a Aline. Mas quer saber? Mesmo assim não é justo. Eu e você nos atrasamos por causa dela e acabamos aqui na frente com o pescoço erguido pra ver o filme. Que porcaria!

– Depois conversamos com ela. Agora vamos tentar aproveitar.

• • •

O filme realmente foi muito bom e, quando a sessão terminou, Felipe e Mara tinham esquecido parte do mau humor e das aprontações da amiga. Encontraram Aline e Henrique na saída e foram dar uma volta no shopping. No entanto, não conseguiram conversar com ela, porque Aline não desgrudou de Henrique nem por um segundo e deixava claro que queria falar apenas com ele, excluindo os amigos sempre que possível.

Largou do Henrique apenas para ir ao banheiro depois de tomar um lanche com ele. Mara e Felipe não quiseram comer porque estavam cheios de pipoca e Henrique convenceu Aline a acompanhá-lo no hambúrguer com fritas. Mara foi com a amiga ao banheiro e achou que tivesse ouvido Aline vomitar, mas quando perguntou se ela estava bem, recebeu como resposta:

– Estou ótima!

Depois desse passeio horrível, Mara e Felipe estavam decididos a dar um gelo em Aline, no entanto não se sentiam seguros de que a amiga se sensibilizaria ou sequer perceberia o gelo. Concordavam que ela estava muito estranha e parecia querer fugir dos dois. De um jeito torto, o mal-estar que sentiram pelo comportamento de Aline acabou por reaproximar Mara e Felipe de uma maneira que há tempos não se conectavam.

Ele contou da galera do RPG que conheceu na festa do fim de semana, os Buscadores da Terra Média, e Mara se incluiu no passeio para jogarem, já idealizando o visual da personagem que seria. Jogariam D&D, segundo Felipe, o grande clássico dos RPGs, e se encontrariam em uma lanchonete que ele não conhecia. Mara sabia bem onde ficava:

– Sabe aquela lanchonete medieval que você adora?

– Claro!

– Então, essa é igual, mas é diferente.

– Não entendi.

– Ela é mais simples, mais barata, mas o que interessa é o clima, né? Você vai gostar.

– Eles falaram que fica bem perto do metrô, né?

– Fica. A gente pode se encontrar na estação, aí vamos juntos.

– Combinado. Mara, adorei te ver cantando. Você manda muito bem.

Ela apenas sorriu, meio sem jeito, e abraçou o amigo.

Quando se despediram, Aline parecia não ter qualquer conexão com os dois, mas, em compensação, Mara e Felipe se sentiam bastante ligados.

LIPE

O INCRÍVEL COMBATE CONTRA O DEMOGORGON

Na quinta-feira fui ao cinema com a Aline, a Mara e o Henrique, o intruso. A Aline ficou o tempo todo grudada nele e nem deu pra gente conversar direito. O filme foi legal, mas falando sério... fiquei meio chateado de só falar oi e tchau para ela. E mais: de sentar lá na primeira fileira de pescoço virado pra cima só porque a Aline deu um perdido na gente. Parece que ela está fazendo força para se afastar de mim e da Mara.

Acabei conversando só com a Mara, o que foi até bom. Contei o que o Gérson me disse lá na academia. Ela pareceu bastante satisfeita e deu a maior força para eu conversar com a minha mãe. Até se ofereceu para me ajudar a pesquisar na internet e me arrumar bons argumentos.

Depois do cinema, viemos para minha casa e pesquisamos um monte de coisa. Na verdade, o que mais encontramos foram sites vendendo suplementos... tudo quanto é tipo. Também tinha alguns falando muito bem deles e outros criticando pesado. Informação mesmo, achamos pouca...

À noite, estava pronto para conversar com minha mãe e, na hora do jantar, ataquei:

— Mãe...

— Hummm...

— Eu estava conversando com uns carinhas da academia, e eles me falaram que pra ficar assim... forte... sabe?

— Igual ao Arnold Schwarzenegger quando era novo?

— Nem tanto, mãe...

— Igual esses lutadores de MMA que você gosta?

— Menos, mãe...

— Continua, Lipe.

— Então, pra ficar com os músculos definidos é legal tomar um suplemento alimentar.

— Seriam vitaminas?

— Mais ou menos... Assim: esses suplementos são à base de proteína. E você sabe, né, mãe? Proteína é uma substância essencial para os músculos...

— Comeu a Wikipédia, Felipe?

— Pô, mãe... Tô tentando falar sério!

— Eu também, filhote. E acho que você comeu informações da fonte errada. Lá na faculdade, um monte de garotos um pouco mais velhos que você está nessa onda de tomar suplemento alimentar. Então... faz tempo que a mamãe aqui pesquisou o assunto... A base desses suplementos costuma ser as proteínas. Mas o que eles fazem é permitir que entre mais água nos músculos. Os músculos ficam como que inchados, entende?

— Não desenvolvem?

— Até desenvolvem, porque esse processo ajuda na síntese de proteína também. Porém...

— Ah, mãe... então é a mesma coisa que eu falei... E, pelo que ouvi, os suplementos ainda dão força extra pra malhar.

— Eu ainda acho que uma dieta equilibrada é suficiente. Principalmente para um adolescente em fase de crescimento.

— Será que um dia você vai me ouvir, mãe? Só eu sei o que eu vejo quando olho no espelho.

Ela ficou quieta me observando e, depois de um tempo, respondeu:

— Eu sempre ouço você, Felipe... No entanto, penso que é perigoso ingerir um excesso de algo que nosso corpo já produz naturalmente... Ainda mais sem acompanhamento.

— Agora sim. Chegou aonde eu queria. Então, mãe, eu fui conversar com um dos meus treinadores, que toma suplemento... Ele me falou que era legal ter acompanhamento profissional e deu o telefone do médico dele.

— Sei. E você quer marcar uma consulta?

— Isso, dona Júlia!

— Não me chame assim, Felipe. Você sabe que eu não gosto nem um pouco.

— Desculpe, mãezinha... E aí? Posso marcar a consulta? Já chequei e ele atende pelo nosso plano de saúde.

— Impressionante ver como você se mexe rápido quando o assunto é do seu interesse!

— Mããão... Posso ou não?

— Pode!

— Oba!!! Você é a melhor mã...

— Espera! Não acabei.

— ...

— Pode se eu for junto.

— Mãe!!! Eu não sou mais criança...

— E ainda não é adulto. É menor de idade e eu sou responsável por você. Pode escolher: ou vou com você, ou nada de consulta, nem de suplemento.

Acabei aceitando que ela vá comigo ao médico.

Lembra quando falei que os pais da Mara não fazem ela pagar mico? Pois é... a minha mãe faz. Direto!

Na sexta, liguei para o consultório do doutor Wagner e marquei a consulta. A droga é que ele tem vaga só para julho. Daqui a quase dois meses! Fazer o quê? Esperar...

Enquanto isso, conversei com os caras da academia e disse que prefiro entrar no rateio do suplemento da próxima vez porque agora estou sem grana, o que não deixa de ser verdade. Pelo menos, minha demora em responder não pegou mal, e eles não me eliminaram do grupo.

x x x

E ontem foi o dia de exercitar o cérebro. O encontro com os Buscadores da Terra Média foi bom demais! A lanchonete é incrível, toda decorada com material reciclável. Tem escudo de PET enfeitando as paredes, um dragão de sucata enorme na entrada e outros menores do lado de dentro, machado e espadas de madeira e de latinha de refrigerante, luminárias de garrafas de vidro, até uma armadura feita com um monte de material diferente. O visual do lugar ficou muito incrível. Uma cara medieval futurista, se é que isso é possível.

O pessoal que trabalha lá também é bem legal, e o cardápio é dividido em duas partes: para ogros e ogras; para príncipes e princesas. A galera foi toda nas porções e bebidas para ogros e ogras, claro. Umas porções enormes de muita fritura, queijo derretido, molhos e tudo quanto é gosma melequenta e gostosa por cima. Os cheiros eram incríveis!

Eu convenci a Mara a dividir comigo uma porção de casquinha de tapioca com queijo e outra porção de frango assado. Saudável, light e, é claro, parte do menu de príncipe e princesa.

O povo nem zoou, até experimentou e gostou.

Um resumo da aventura que vivemos: chegamos no Espelho da Serpente às 17:00 horas e saímos de lá às 23:00 horas, porque minha mãe e as mães de outros companheiros de batalha não paravam de ligar. Se não fosse isso, acho que estaríamos lá até hoje. E olha que foram seis horas de jogo porque tínhamos combinado que seria uma aventura CURTA! E, é claro, não acabou, vai virar uma campanha, vamos continuar essa história no próximo encontro.

O mestre do jogo, o Thiago, é muito experiente e fez tudo ser ainda mais épico do que já é uma aventura de D&D. Ele criou uma história muito louca e a narração que fez deu toda a emoção de que precisávamos para entrar no clima. Está certo que a galera ajudou. Todo mundo tinha seus personagens prontinhos e a maior parte do grupo foi caracterizada. O Login, nosso mago, era o melhor! Eu queria a capa dele para mim!

Eu sou um guerreiro, claro! E me arrependi de não levar nada para me caracterizar. No próximo encontro eu levo.

A Mara é uma ladra anã. Trançou os cabelos e enfeitou com contas de metal, aqueles *beads* que os anões das aventuras e os vikings usam nas barbas. Ela estava com um espartilho preto por cima de uma blusa branca e vestia calça justa preta. Faz muito tempo que só vejo a Mara com roupas que mais parecem pijamas. Quando nos encontramos no metrô, eu levei até um susto. Ela ficou muito gata! Tanto que, quando nós dois chegamos lá no Espelho da Serpente, a galera toda elogiou o quanto ela estava bonita. A Mara ficou muito sem jeito, toda tímida, e eu tive vontade de dar um abraço apertado nela.

Agora, sobre a aventura criada pelo Thiago: começamos no meio de uma antiga cidade abandonada e saímos explorando. Estava tudo muito tranquilo quando o chão sob nossos pés simplesmente desabou! Acabamos em uma galeria de cavernas, e que lugar das trevas!

Essa turma joga sempre junta e conseguia enfrentar os desafios com certa facilidade. Eu estava estranhando isso, porque aquelas cavernas não pareciam nada simples para mim. Quando passamos pelo Andarilho Noturno, sedento de energia vital, sem nenhuma baixa da nossa equipe, eu achei que tinha algo errado. Aí a Michelle cochichou que o Thiago sempre coloca os mesmos monstros nas histórias que cria, e está ficando mais fácil lidar com as criaturas.

Teve momentos tensos nas cavernas, mas nada absurdo. Até que aconteceu o que ninguém esperava: enfrentar o Demogorgon. O mestre nos surpreendeu, à beira de um abismo, com os cinco metros e meio de pura fúria que colocou em nosso caminho! E justo quando estávamos chegando na maior das cavernas daquela galeria. Impossível enfrentar as duas cabeças de babuínos e o corpo reptiliano no nível em que estávamos!!!

A turma toda protestou e o Thiago sorriu com uma cara de "peguei vocês!!!".

Vou me repetir, mas só tem uma palavra para definir isso: foi épico!

Não vencemos, claro. Mas conseguimos bater em retirada sem perder nenhum integrante!

Cara, como eu sou nerd!!!

Estou relendo o que escrevi e vejo que o sangue dos dragões corre em minhas veias!!!

Tinha esquecido esse meu lado, mas ele está vivinho aqui dentro de mim. Daqui a duas semanas, retomaremos a aventura!

x x x

Hummm... Já que escrevo para me abrir, é melhor não fugir de mim mesmo, né?

Eu gostei mesmo de passar horas e horas jogando com essa turma, mas eu gostei mais de não ter sido chamado de gordo, rei das pizzas, bolota, monstro de suor, bola ou qualquer coisa do tipo nenhuma vez sequer. Ninguém fez qualquer brincadeira sem graça enquanto eu comia. Está certo que ali ninguém faz ideia de como eu era até um tempo atrás, mas dá uma leveza essa sensação de que é possível, sim, deixar esse meu passado lá no passado. A Michelle e a Sofia comentaram, uma hora lá, que a Mara só tem amigo gato. Fizeram isso como se fosse um segredinho entre elas, mas de um jeito para eu ouvir. E eu gostei. Nunca achei que eu pudesse ser considerado interessante. Gato, então! Foi bom demais me sentir livre dos rótulos negativos.

    A Mara mandou uma mensagem agora há pouco. Está com ciúmes de mim, acho. Disse que eu me dediquei mais a exibir meus músculos para as meninas do que a jogar. Ela vive com essa ideia fixa de "meus músculos". Não sei de onde tirou isso. Não tenho nada para exibir. Ainda! Quando tiver, vou exibir mesmo.

    Na volta para o metrô, a galera foi toda junta. Não deu para conversar um pouco sozinho com ela. Tá certo que a Michelle e a Sofia voltaram grudadas em mim, mas o Thiago também grudou na Mara e eu nem disse nada. E olha que ele estava visivelmente babando na ladra anã de espartilho... Tive vontade de responder isso, mas me segurei. Mais tarde a gente conversa.

MARA

O MUNDO NÃO PARA DE GIRAR

Faz tempo que eu não escrevo. Queria pausar o mundo, mas ele não para de girar. A vida tem acontecido em um ritmo intenso nas últimas semanas. Nem sei se vou conseguir colocar tudo aqui no papel.

    Conversei bastante com minha mãe hoje, depois que cheguei do meu passeio de bicicleta. Contei sobre o jeito estranho da Aline nos últimos tempos e sobre minhas desconfianças depois do que aconteceu no shopping, na quinta-feira, mas ela não concordou comigo:

    — Filha, acho que você está sendo radical. Você pode ter ouvido outra pessoa vomitar... Já pensou nisso?

    — Não... — assumi.

    — Pois então... E anorexia e bulimia são distúrbios muito sérios, Mara. Se a Aline estivesse com esses problemas, com certeza a Márcia e o Marcelo teriam percebido.

    — Não sei não, mãe... Eles são muito desligados. Só pensam em trabalho e a Aline fala que os dois vivem brigando...

    — Não concordo, Mara. Nenhum pai é tão desligado e não há briga que embace a visão para um problemão desses. Não é possível! Para tirar isso da cabeça, por que você não convida a Aline para passar uma tarde aqui em casa? Assistir a um filme... tomar um lanche... como antigamente?

Num primeiro momento tive vontade de dizer que de jeito nenhum, que nós duas não tínhamos mais nada a ver, mas algo bem lá no fundo me fez agir diferente:

— Pode ser, mãe. Vou falar com ela...

Como sempre, depois que acabamos a conversa, minha mãe me deu um beijo e foi cuidar das coisas dela. Fiquei um tempo no sofá, sem prestar atenção na televisão, ligada pra ninguém assistir. Percebi que me preocupo realmente com a Aline e que esse sentimento está conectado a outro: eu ainda gosto muito dela e sinto falta da nossa antiga cumplicidade... de ter alguém com quem falar sobre tudo.

Fiquei de pensar no assunto, não quero decidir sob pressão, ainda mais agora que vão começar as provas.

~ * ~

Sabe, penseira, a festa da Camila não sai da minha cabeça... Já faz uma semana, mas o que acontece é que nos últimos dias eu só penso nisso. Fico remoendo tudo o que aconteceu, sem parar.

Queria poder fazer igual na história do Harry Potter, bater a varinha na minha cabeça, arrancar as lembranças e jogar na penseira, em você... Quem sabe se eu fizesse assim minha cabeça acalmava um pouco.

Todo mundo falou que minha voz estava linda, até meus pais e o Caio — e olha que eles são jogo duro quando a conversa é música: se dou uma vaciladinha, eles percebem e apontam. Principalmente meu irmão.

Na internet também foi só sucesso. Muita gente postou fotos e vídeos e choveram elogios para a banda. Todos elogiaram principalmente as músicas do Evanescence. Também... só podia! São as minhas prediletas e eu cantei as letras da banda sentindo cada palavra... sofrendo...

É, eu escrevo e me acho trágica demais, mas sentimento é uma coisa intensa, né?

Estar apaixonada especialmente é algo megaintenso e, no meu caso, trágico. Bom, não é só no meu caso, não. Veja só o que aconteceu com Romeu e Julieta... TRÁGICO!!! Mas lindo.

Agora, a minha história de amor é só trágica mesmo. Não tem nada de lindo nela.

Indo direto ao assunto: o Guto levou a namorada na festa. O pior é que eu nem sabia que ele estava namorando, ainda mais depois daquela conversa idiota em que ele pediu o telefone da minha vizinha. Nada confiável esse cara! Como posso gostar de um sujeitinho desses? Que horror!

Rolou uma situação estressante quando ele me apresentou a tal Carlinha patricinha e ela disse:

— Você é a Mara? Nossa! Eu imaginava que você fosse... hum... diferente.

— Diferente como? — perguntei de um jeito realmente grosso.

— Ah... Não sei... Assim... diferente — e jogou a cabeleira lisa e comprida de um lado para o outro!

Saí de perto e fui acabar de me arrumar para o show. Isso foi uns vinte minutos antes de a gente começar a tocar e, para piorar minha concentração, o Paulo Renato, nosso baixista, ainda comentou:

— Nossa! O Guto tá podendo! A Carlinha é gata demais. Você viu?

Mais uma vez me senti mal, não conseguia parar de pensar que para ser "gata demais" precisa seguir um padrãozinho e ser magra. Magra demais, de preferência.

Desisti de entrar no palco com a roupa preta que meus pais me deram para o show... Era justa e eu encanei que ia parecer meio gorda. Então fiz o show com a roupa que fui de casa, larga e com cara de pijama. Nada diva do rock... Se bem que podia ser uma diva desconstruída. Ah!!! Sei lá!

O que sei é que a apresentação foi realmente boa, porém desde o sábado da festa não parei um segundo de torcer para o mundo desaparecer, não parei de me sentir qualquer coisa. Como diz a Amy Lee do Evanescence, em Away from me:

Eu procuro dentro de mim mesma,
mas meu próprio coração foi mudado
Eu não posso continuar assim
Eu detesto tudo o que me tornei

Essa energia pesada fez eu me arrastar durante a semana inteira. Que horror! Quase não fui encontrar com a galera para a mesa de RPG. Só fui porque não queria deixar o Lipe no vácuo. A roupa que era do show, usei para compor meu personagem, uma anã ladra que resgatei de outras aventuras que joguei num passado distante. Recebi tanto elogio que até deu um quentinho no coração, mas também deu raiva. Raiva de mim! Por que não usei a roupa na festa? Por que tenho que ser tão insegura? Por que o que eu vejo no espelho não é o que as pessoas veem?

O Lipe disse que a roupa ficou linda em mim, que eu estava poderosa. Se eu estivesse vestida assim há uma semana, talvez tivesse me sentido melhor durante o show e depois e agora. E talvez a Carlinha tivesse engolido aquela "metidez", aquela "nogentez" toda!!!

Mas sabe quando a gente tenta remendar algo e não dá

muito certo? Estou assim, me sentindo rasgada.

O jogo foi até legal, o Lipe se integrou muito bem com a turma toda. Bem até demais! Ficou se exibindo para a Sofia e a Mi. As duas estavam babando. Ridículo. Sério, acho que ele pode ir sozinho no próximo encontro, não vou fazer a menor falta. Eu não estou muito no clima de RPG... Para falar a verdade, não estou no clima de nada. Que horror ser eu!

ALINE

TEMPOS ESTRANHOS

> ▶ Sou à prova de balas, nada a perder
> Você me derruba, mas eu não caio
> Sou de titânio ♪

Acho que o David Guetta reagiria assim a essa minha semana. Cantaria comigo essa música, e de mãos dadas! Se bem que ele não canta nada... quem canta é a Sia. Bom, eu e a Sia cantaríamos de mãos dadas e o Guetta faria aquele treco que os DJs fazem. A música é velhinha, mas fala muito o que sinto.

Só chegando bem perto dá para a gente perceber os sentimentos de uma pessoa.

Tem uma música que fala disso... *Come a little closer*, do Cage the Elephant.

Eu acho tão lindo uma letra, um poema falar com a gente de tantas maneiras. Quem cria pode querer passar uma mensagem, mas quem ouve ou lê é quem decide qual é essa mensagem, né?

Muito louco isso... porque quem cria não tem o menor

controle sobre o que o outro vai entender. E quem acaba sendo o dono da mensagem é quem a interpreta.

Tô pensando nisso porque li na internet que essa *Come a little closer* foi composta depois que a banda veio para o Brasil, viu uma favela carioca e a comparou a um formigueiro... Chegando mais perto era possível ver toda a vida ali – foi o que disseram.

Mas quando eu escuto, sei que eles cantam pra mim, falam da minha vida e de como é preciso chegar pertinho para ver os sentimentos e as pessoas como elas são. Não tem nada a ver com essa história carioca, não...

A Mara sempre diz que eu distorço as letras, tiro tudo do contexto porque eu sou egocêntrica. Mas a Mara não sabe de nada! Não faz ideia do vínculo entre mim e as músicas que ouço... E quer saber? Se eu acho que é isso, é isso e pronto. A minha opinião é o que importa!

— · —

Acredita que desde o mês passado meus pais não largam do meu pé? Graças à Josefa...

Nem estou mais falando com ela.

Todos os dias dão um jeito de aparecer em casa na hora do almoço e do jantar. Se não vêm os dois, pelo menos um bate o ponto aqui. E nem disfarçam: ficam de olho no meu prato. Antes não tinham tempo, agora arrumam todo o tempo do mundo e ainda aproveitam o encontro do almoço para brigar um pouco. Céus! Não tenho paciência para lidar com isso.

Ainda bem que conheci a Moniquinha. Já somos amigas há mais de três semanas e trocamos todos os tipos de confidências. Quase todos. Não tive coragem de contar da minha menstruação inexistente.

Sabe que estou até começando a gostar de comer de tudo? Sentindo prazer no sabor das coisas... Está certo que ando exagerando.

Igual na escola... Hoje comi batata frita e um lanche enorme na hora do intervalo... Depois corri pro banheiro, é claro! Só de pensar naquela maionese me engordando fico péssima!

Conversei com a Moniquinha hoje e perguntei se tem problema vomitar umas duas vezes por dia. Ela achou engraçado. Disse que a maioria dos membros da comunidade vomita bem mais vezes. Ela mesma vomita umas cinco vezes por dia! Incrível, não? Ela é o máximo!

O melhor disso é poder comer o que quiser e não engordar nem um pouco.

É claro que ainda conto calorias de tudo, mas apenas para me divertir.

Olha, preciso assumir que não é nada agradável vomitar... mas a Moniquinha disse que logo acostuma e depois vai ser uma coisa natural, nem vou precisar provocar, vai acontecer simplesmente.

Por enquanto, não tem nada de natural... e minha garganta fica ardendo um monte depois. Fora o gosto horrível! E o bafo? Tá feia a situação... haja enxaguante bucal!

Fiquei com muita vontade de perguntar se tudo bem eu não menstruar há um tempão. Só que senti vergonha e medo, eu acho, e acabei não perguntando...

Li na internet que a Angelina Jolie tem uma tatuagem na barriga que diz: "O que me alimenta me mata".

Não é tudo de bom?

Essa é uma consciência mundial!!!! E eu me sinto muito bem de participar dela. Não dá para viver sendo gorda.

Esqueci de dizer que parei com as aulas de hidroginástica... É que passei mal. Tive vertigem quando saí da piscina e o ridículo do professor ligou para minha mãe. Aí, por isso, vou precisar enfrentar uma consulta com o doutor Inácio no fim de julho... Ele é o médico da família há milênios... pelo menos.

Ainda bem que tenho algumas semanas para me preparar para essa consulta. A parte chata vai ser o encurtamento das férias para passar pelo médico, mas nem tudo é perfeito.

Conversei com a Moniquinha, a Mel e a Luadecristal (outras duas amigas que fiz na internet) sobre esse mal-estar, e as três disseram que é normal, que no começo todo mundo sente e aos poucos o corpo se acostuma. Tomara...

— . —

Ah... ontem recebi uma mensagem da Mara, maior estranha... Faz um tempão que a gente não se fala e, de repente, ela sai com essa.

Olha só:

Oi, Aline. Td em paz?
A gnt n conversou mais desde aql dia no cinema.
Sabe? Vou assumir: to c saudades. 🖤
Será q vc topa vir aqui em casa uma tarde?
Aí a gnt vê um filme e toma um lanche como nos velhos tempos.
Ah... e conversa muitoooo!
O q me diz? 😊
Bj

Deixei para responder hoje. Primeiro achei que era uma armadilha, um jeito que a Mara tinha arrumado para fazer um interrogatório. Depois pensei: se eu sinto saudades dela... por que ela não pode sentir de mim? Aí escrevi:

Oi, Maroca! Claro q topo. 😊
Mas precisa ser nas férias, pq tô precisando estudar mto pras provas! 😊
Pode ser no 1º sábado de julho?
Na segunda semana eu vou viajar...
Se vc topar, eu topo! 🖤

Eu acabei de enviar e a Mara já visualizou e respondeu por áudio:

🔊 Que ótimo, Line! Feliz de você aceitar o convite. Eu espero você aqui no primeiro fim de semana de julho. Beijo e até lá. Ah... se precisar de alguma ajuda nas provas, me chama. ⏺

É, quem sabe a gente volta a ser amiga que nem antes...

NA CASA DA MARA
SÁBADO, 15:00 HORAS

Entre festas juninas, aulas de música, aventuras de RPG e fechamento do segundo bimestre, Mara, Felipe e Aline tiveram seus dias bem preenchidos, até que as férias finalmente chegaram.

Do fim de maio até início de julho, Mara só encontrou pessoalmente com Felipe duas vezes, no Espelho da Serpente. Não desistiu da aventura de RPG e isso foi bom para ela. Caprichar no visual de Luna, sua personagem no jogo, estava criando um efeito no seu próprio visual. Cada vez mais gostava do que via ao olhar-se no espelho. Os *beads*, por exemplo, agora enfeitavam seus cabelos no dia a dia. E ela gastou o dinheiro que a avó deu comprando outras roupas que combinavam com sua personagem e com ela também.

No segundo encontro do grupo, comemoraram o aniversário de Felipe com muita animação e uma aventura especialmente criada para a data. Mara levou um susto quando Thiago apresentou uma cena na aventura exclusiva para Luna brilhar. O Felipe reclamou depois, por celular, dizendo que todo mundo estava vendo o Thiago babar nela e fazer de tudo para dar a ela o protagonismo da história. Ele disse que o presente de aniversário dele, na verdade, fora feito para Mara. Ela riu até a barriga doer, mas quando parou para pensar, gostou da sensação de Thiago se expor frente ao grupo apenas para chamar sua atenção. Sofia e Michelle também notaram e ficaram enviando mensagens discutindo que até shippados os dois eram nerds: MAra+thiaGO=Mago. E em tudo quanto é aventura de D&D tem um mago... Ela gostou disso também. Aos poucos, aquela sensação ruim que acompanhara Mara por tempos foi diluída e ela nem se deu conta.

No terceiro encontro dos Buscadores da Terra Média, os dois estavam shippados pelo grupo todo. Aí Thiago resolveu aproveitar e convidou Mara para sair, só ele e ela. Fez isso com jeitinho, quando voltavam para o metrô, sem que ninguém notasse.

Mas Felipe notou e não gostou. Era como se Mara fosse dele e aquela iniciativa de Thiago quebrou algo nessa ilusão. Piorou quando ouviu Mara dizendo que topava e os dois marcando de se ver no próximo domingo, o primeiro de julho. Dessa vez, foi Felipe quem perdeu um pouco da vontade de continuar a ir aos encontros de RPG e, em julho, estavam combinadas três tardes de jogo.

No mais, Felipe e Mara continuavam a trocar mensagens quase todos os dias pelo celular e ambos adoravam a companhia um do outro, pelo menos até que começavam a se provocar sobre as novas conquistas. Aí brigavam como dois irmãos...

• • •

As aulas de música não parariam durante o mês de férias escolares e isso também deixava Mara animada.

Se Felipe usava qualquer tempo livre para malhar mais, Mara aproveitava para cantar e tocar. Os ensaios com a banda estavam cada vez mais raros, ninguém tinha tempo e os meninos reclamavam quando ela cobrava mais dedicação.

O coração de Mara só batia descompassado nas últimas semanas por dois motivos: cada vez que pensava sobre o dia de sair com Thiago, que se aproximava; e pelo encontro combinado com Aline. Já havia se arrependido inúmeras vezes por ter marcado ambos os compromissos. Não sabia o que esperar deles. As situações eram tão diferentes... mas causavam o mesmo tipo de desconforto, de agitação. Não falara mais com a amiga, a não ser para ajudar Aline com os estudos de física e química. Tudo muito rápido e objetivo. Aline não quis comemorar o aniversário, disse que com as brigas de seus pais não tinha clima para festa.

Também não falara mais com Thiago. E se ele não aparecesse no domingo e a deixasse plantada no shopping, esperando? E se o Felipe fosse lá para conferir, como tinha prometido (na verdade, ameaçado)? E se a Aline não viesse no sábado? E se viesse, como seria?

Ansiedades que roubaram alguns momentos de sua tranquilidade, mas só na medida certa para prepará-la para as coisas boas e ruins que aconteceriam.

• • •

Mara ajudava a mãe a preparar um bolo integral com frutas secas quando Aline chegou. Ela entrou e acompanhou a amiga até a cozinha. Cumprimentou Andréa, a mãe de Mara, com um beijo e falou:

– Tia, quanto tempo não venho aqui na sua casa, né? Estava com saudades!

– Pois é, Aline. Você sumiu. Sei que não temos uma casa linda como a sua, mas saiba que continua sendo bem-vinda sempre que quiser aparecer.

– Que isso, tia! Adoro aqui. E o que vocês estão fazendo de gostoso?

– Um bolo integral com uva-passa, nozes e especiarias... receita da dona Andréa – respondeu Mara empolgada.

– Bem engordativo, né? Deve ter zilhões de calorias por fatia.

– Ai, Aline... lá vem você de novo. Não relaxa nunca? – Mara reagiu, porém num tom doce.

– É um bolo bastante saudável. E você não vai engordar se quebrar a dieta apenas um dia, né? – Andréa provocou.

– Não, é claro – Aline respondeu fazendo força para sorrir. – Hoje é dia de festa, né? Então, nada de dieta!

– Isso mesmo, amiga – Mara abriu um sorriso sincero e passou o braço pelos ombros dela.

– E nem precisa, não é, Aline? – continuou Andréa. – Você está supermagra!

– Obrigada, tia. Você viu? Manequim 34 com o maior orgulho! Mas ainda preciso emagrecer um pouquinho aqui... e aqui... – disse apontando para a barriga e para o quadril que considerava fora da medida ideal.

– Vamos assistir a um filme lá no meu quarto? – Mara interrompeu, tentando evitar uma abordagem tão direta quanto sua mãe dava mostras de querer fazer.

E foram. Aconteceu tudo como nos velhos tempos. Mara escolheu um filme de suspense que provocou gritos nas duas durante a "sessão" e muitas gozações, uma da outra. Parecia que a intimidade sempre estivera ali, entre elas, esperando para ser reencontrada. O filme acabou e foram para a cozinha lanchar. O cheirinho de bolo quente, já fazia algum tempo, espalhara-se pela casa, tentador.

Aline comeu de um jeito que nem Mara e nem sua mãe haviam visto anteriormente. Lanchou com gosto, em quantidade exagerada e não falou uma vez sequer em calorias. Tomou três copos de suco, comeu dois sanduíches de queijo branco com peito de peru e uns quatro pedaços de bolo.

O clima estava ótimo e as duas amigas compartilhavam como tinham sido os últimos dias de aula. Aline até revelou para Mara que, depois daquele dia no shopping, não viu mais o Henrique. Disse que ele a procurou várias vezes, contudo ela não teve vontade de sair de novo com o garoto. Não explicou o porquê desse desinteresse repentino, mas Mara estava feliz com o fato de a amiga voltar a confiar nela e nem percebeu o buraco de informação. Também faltou a Mara coragem para falar sobre seu encontro com Thiago, que aconteceria no dia seguinte. Tinha medo de que Aline falasse algo que destruísse os bons sentimentos que vinham crescendo dentro dela.

E foi acabar o lanche para o clima mudar radicalmente. Aline pareceu tensa e disse que precisava ir embora naquele momento. Mara se manifestou:

– Aline, eu pensei que você ia ficar mais pra continuar nossa conversa... Fica, vai? Faz tanto tempo que a gente não tem uma tarde assim...

– Ai, Mara. É que eu não estou passando muito bem, sabe? Acho que comi demais.

– Quer que eu faça um chá digestivo? – perguntou Andréa, de um jeito preocupado.

– Não vai adiantar, tia. Estou sentindo um peso enorme bem aqui – e apontou o estômago.

Era verdade, mas ela sabia o que precisava fazer para se livrar daquele peso. O que não queria era fazer isso na casa da amiga e correr o risco de ser descoberta.

– Espera um pouquinho que o Lucas pode estar por perto. Vou chamá-lo e ele leva você, querida.

– Não precisa, tia – Aline estava desesperada para sair dali e livrar-se logo de toda aquela comida.

– Como não precisa? Não vou deixá-la ir andando

sozinha nesse estado, passando mal pela rua... de jeito nenhum.

– Eu tenho que ir ao banheiro – pediu, percebendo que seria obrigada a fazer aquilo ali mesmo e fingindo estar sentindo ânsia.

– Claro, você sabe onde é.

Mara e sua mãe permaneceram um tempo em silêncio, sentadas à mesa, uma olhando para a outra. Aline, no banheiro, se esforçava para fazer o mínimo ruído possível, mas sabia que as duas ouviriam e descobririam o que acontecia ali. Isso já não tinha importância. O fundamental era se livrar de toda aquela comida o quanto antes. A sensação de limpeza e leveza que isso dava fazia valer qualquer risco, até mesmo o de ser descoberta. Quando Mara ouviu, não se conteve:

– Eu disse que ela está vomitando depois de comer, mãe. Eu disse! Isso é bulimia!

– Ela pode ter passado mal de verdade, não pode? Se não está acostumada a comer tanto assim... Vai ver que na empolgação ela exagerou... – respondeu sua mãe, insegura.

– No shopping, no dia do cinema, foi a mesma coisa, mãe. Comeu demais e, depois, vomitou.

– É... Não dá pra negar que ela está muito magra e

com uma aparência nada saudável... Ela apertou a descarga, deve estar voltando. Vamos mudar de assunto.

Aline apareceu na cozinha com uma expressão séria, e quando Andréa perguntou se estava melhor, respondeu que sim. Mara, então, questionou se ela queria deitar-se um pouco, e Aline achou que seria mais prudente aceitar, assim poderia ficar quieta e não ser intimada a dar satisfações.

No quarto, para não ter que enfrentar nenhuma sessão de perguntas da amiga, mentiu que estava com dor de cabeça e pediu para ficar um pouco sozinha. Mesmo assim, Mara tentou conversar com ela:

– Dorme um pouco, Aline... Aí você melhora.

– Tá... Vou fazer isso...

– Mas, antes, eu preciso fazer uma pergunta.

– Hum? Não pode ser outra hora?

– Não, Aline. Só quero que você responda com sinceridade... Você está com bulimia?

– Ai, Mara... Eu aqui passando mal, e você com essas ideias absurdas?

– Desculpa... Eu gosto muito de você, amiga. Quero te ver bem. Dorme, então – Mara saiu do quarto, mas não estava convencida.

Mais de uma hora depois, Lucas chegou, chamado

pela esposa, e levou Aline para casa, com a amiga lhe fazendo cafuné. Na volta, Mara retomou a conversa com Andréa:

– Mãe, o que você acha que devemos fazer? Falar com a Aline ou contar para os pais dela?

– Sinceramente não sei, filha.

– Não podemos deixar a Aline se afundar assim, mãe... Eu tentei conversar e ela fugiu do assunto.

– Ainda temos poucos elementos para levantar nossa desconfiança para ela ou para os pais dela. Pode ser que não seja nada disso.

– Então... não fazemos nada? Que horror, mãe!

– Vamos combinar assim: a Aline viaja esta semana, certo?

– Isso. Ela disse que vai para Camboriú, pra uma pousada, com a tia e a prima.

– Quando ela voltar, nós a convidamos de novo e vemos o que acontece. Se nossas suspeitas se confirmarem, ou pelo menos ficarem mais fortes, conversamos com ela ou com os pais dela. Está bem assim?

– Fazer o quê? Esperar, então – Mara concordou com a mãe, mas deixou claro que estava contrariada. Por ela resolveria logo, antes que Aline se afundasse mais nessa situação.

ALINE

23:00 HORAS, CONECTADA NO CELULAR

> Oi, amigas. Tô mal... 😞

Moniquinha
Oi, Li!!! O q aconteceu?

Luadecristal
Conta aí, miga. 🖤

Mel
Fica tranquila, n é só vc q tá mal. Eu faço companhia. 😭😭😭

> Fui visitar aqla minha amiga e a mãe dela me obrigou a comer muitooo... 😞

Luadecristal
Vc miou??? 😷😷😷

> Claro! Precisei vomitar lá mesmo!!! 🤮
> Agr, tô na neura...

ESPELHOS

Luadecristal
Pq, Li? Se colocou pra fora n vai engordar.

A minha amiga me viu vomitando. Quer dizer, ouviu...
E veio falar q estou bulímica... 🙄🙄🙄

Moniquinha
🤣🤣🤣 JUUUURAAAA???
Inteligente essa amiga.

N gosto q os outros saibam, ou q me rotulem assim.

Luadecristal
Bem-vinda ao mundo encantado da Mia e da Ana! 🦄🌈
As pessoas são cruéis pq não entendem a gnt.

Mel
Mundo encantado de quem?

Moniquinha
🙄 Acorda, Mel! Da buliMIA e da ANorexia... Captou?

Mel
Desculpe! Tô lerda hoje. 😵
E vcs escrevem rápido d+n tô conseguindo ler td.

Migas, vocês acham q a Mia e a Ana são mesmo um tipo de doença como as pessoas falam?

Moniquinha
😖😖😖 Se liga, Li!

Luadecristal
Mia e Ana são um estilo de vida!!!
😼😼😼

Moniquinha
Li, e daí se essa sua amiga percebeu? Se é amiga mesmo, vai ficar quieta. 🤫
O importante é q vc miou e tirou toda a porcaria de dentro de vc.
🙌🙌🙌

Luadecristal
E vc, Mel? Tá mal por quê?

Mel
Tava de jejum há dois dias. Hj me pesei e perdi só meio quilo!!! Acreditam? Tô pra lá de deprê... Ataquei a geladeira e comi um monte! Tomei duas latas de leite condensado de uma vez!!!

Moniquinha
Fica calma, Mel. Vc miou?

Mel
Claro q miei, mas continuo péssima. 😢

Moniquinha
Relaxa. Dps vou passar pra vc uma dieta fortíssima. Limpa o corpo e queima gordura até. Dá diarreia, tonteira e frio, mas isso a gente tira de letra, né?

Mel
Tks, miga. Não sei o q seria de mim sem vcs. Estou me sentindo uma porca gorda, como diz a Li. 😢
Quero ser magra e linda igual a vcs.

Luadecristal
Continua miando 😫 q vc chega lá. 😊
Mel, conversei com uma Ana ontem de madrugada e ela me disse q só jejum n adianta. Nem queria tá falando isso pra vc, acontece q eu entendo o q vc tá sentindo.

Moniquinha
Lua, dps que vc começou a fazer terapia, vive com esse lance de culpa... de "n queria dizer isso, mas...". Vc tá é ajudando a Mel. Tem q falar mesmo o q adianta e o q n adianta. A gnt tá aqui pra se ajudar. Dieta normal n dá em nada. A q vou passar ajuda. Migas, preciso ir, tchau!

Mel
Vlw, migas. Espero a dieta! Bye! 😘

LIPE

O MUNDO ANDA TÃO COMPLICADO

Mau humor total!!! Nas últimas semanas, minha vida foi um tédio quase absoluto. As provas vieram uma atrás da outra. Cansei de estudar. E, por causa das provas, precisei diminuir o ritmo de treinos na academia. Um inferno! A Mara deu a maior força em física, estudamos juntos pelo celular! E o resultado foi bom, admito. Passamos com as melhores notas da turma, eu aqui e ela lá na Federal.

    Com isso garanti o bom humor dos meus pais e férias do jeito que quero: tempo totalmente livre para malhar... e para o RPG.

    O único refresco dessas semanas foi o encontro dos Buscadores da Terra Média. Até comemorar meu aniversário com eles foi divertido... apesar da manobra bizarra do Thiago, usando minha aventura-presente para seduzir a Mara. Sem comentários!

    Se não fosse aquela galera, acho que eu estaria me arrastando no limbo da tristeza.

    Pesado isso, né? Mas verdadeiro.

Estou começando a usar a intensidade nos meus relatos... Quem sabe eu me arrisco a mestrar uma aventura de RPG daqui a pouco?

Falando sério, eu andei bem triste mesmo. O Pedro e a Nina estão namorando. Isso, sozinho, já doeu... mas teve mais. Na última semana de aula, eu peguei parte de uma conversa entre os meus "amigos" do colégio. Eles estavam combinando algum rolê, não sei qual, e ouvi a Nina falar:

— Ninguém chamou o Gordo?

— Vixe, Nina. Não! Depois que ele emagreceu perdeu total a graça... — a Adri respondeu.

— E não leva mais as brincadeiras na boa, vive criando climão.

— Olha, Pedro, eu acho que as nossas brincadeiras estão mais para *bullying*. Fora que o Lipe nem é mais gordo e a gente continua zoando o cara sempre do mesmo jeito.

— Vixe! Olha o Cauã! Cara, se você continuar por esse caminho, a gente vai te isolar também. Ninguém aqui mais vai te chamar pra nada. Gente chata fica de fora, entendeu?

— Puxa, Adri! Nós somos amigos... Tudo bem, não está mais aqui quem falou. Nada de chamar o Gordo.

E a galera riu. E eu dei meia-volta e fui passar o intervalo longe dali. Não estou sabendo lidar com isso, não. Sinto que não me encaixo mais... e o que dói fundo é saber que só me encaixava quando era o Gordo-engraçado-foco-das-zoações. É muito rótulo para uma pessoa só. Por que a gente rotula tanto? Por que atribuímos papéis que achamos ideais para as pessoas e as obrigamos a se encaixar? Ou elas se encaixam porque querem?

Eu me encaixei por muito tempo. Por anos. E as "brincadeiras" sempre doeram.

Ainda assim, eu fazia de conta que não ligava, mas cada vez que uma das meninas fazia cara de nojo porque eu chegava suando do intervalo e alguém falava das pizzas sob meus braços e todos riam, eu me sentia doído, como se eles me cortassem com uma lâmina afiada. Acontece que eu aceitava, acabava fazendo graça daquilo, levantava o braço e ia na direção de algum colega falando que queria ver quem enfrentava meu superpoder. Todos riam. Eu ria. Só por fora. Por que eu aceitava? Por que eu reagia assim? Não sei.

Nunca pensei que aquilo era *bullying*, como o Cauã disse. Nem sei se era mesmo. O que sei é que doía e ainda dói. E dói de um jeito louco: por mais que eu malhe, que eu molde meu corpo, que eu ouça da Mara que estou exagerando, que as meninas dos Buscadores falem que sou gato, no fundo ainda me sinto enorme, ainda me sinto o Gordo.

Tem mais... não acho que o fato de alguém ser gordo, ou de ter qualquer característica diferente da maioria, possa servir de motivo para fazer a pessoa se sentir mal. Eu me senti por anos. Ainda me sinto bem mal e um tanto culpado também, por aceitar fazer parte disso tudo.

Minha cabeça está uma meleca só!

x x x

Bom, fora isso, nem vi essas semanas passarem, até que chegou essa sexta-feira e tive minha consulta com o tal doutor Wagner. Sério... não foi nem de longe o que eu imaginava. É claro que minha mãe entrou comigo no consultório e se intrometeu na minha consulta... deu palpite até dizer chega... mas isso eu já esperava.

O doutor Wagner começou perguntando assim:

— Felipe, quantas vezes por semana você faz atividade física?

— Cinco. De segunda a sexta... Nos fins de semana eu só faço algo informal, tipo jogar bola ou andar de bike.

— Então você faz exercícios físicos sete dias por semana. Bastante ativo.

— Eu me sinto bem fazendo e, se não faço, não fico legal.

— Sei... E você não sente dores no corpo?

— Só o normal, a dor boa do pós-treino.

— E que tipos de exercício você faz e por quanto tempo?

— Durante a semana faço musculação, mais ou menos meia hora por dia. Nas férias, treino mais tempo. E tenho natação três vezes por semana também.

— Faz alongamentos?

— Às vezes... — admiti, porque se percebo que nenhum treinador está de olho, pulo a série de alongamentos.

— Sei... E faz algo de aeróbico?

— Faço meia hora de bicicleta... E no fim de semana ando de bicicleta de verdade, ou jogo bola, ou corro...

— Bom, esse treino de uma hora por dia na academia é até que bem equilibrado, mas considerando todas as atividades, sua rotina é puxada demais para sua idade.

— Então, doutor... — interrompeu minha mãe — o senhor acha que ele é muito novo pra fazer musculação? Será que não vai prejudicar o desenvolvimento dele? Não seria melhor ficar só com a natação?

— Os estudos mais recentes, Júlia, mostram que a musculação, se praticada com moderação, é benéfica na adolescência e não prejudica em nada o crescimento... O problema é o excesso. E como é sua alimentação, Felipe?

Minha mãe não se conteve e se intrometeu de novo:

— Pois é, doutor... a alimentação dele é bem equilibrada também. Ele faz cinco refeições diárias: café da manhã, lanche da manhã, almoço, lanche da tarde e jantar. Uma amiga minha, que é nutricionista, me indicou os alimentos que deveria incluir em cada refeição, levando em conta o tanto de exercício que ele faz e o fato de que ele era obeso e emagreceu com dieta adequada e atividade física.

— É a senhora quem cuida da alimentação dele?

— Sim, senhor. Eu trouxe aqui uma cópia do cardápio da semana.

Ela entregou umas folhas de papel para o médico, e ele examinou por um bom tempo. Aí perguntou:

— Felipe, qual o motivo de sua consulta?

— Ah... Eu quero usar suplemento alimentar... Para ajudar nos treinos, né?

— Você sente fraqueza ou desânimo?

— Não, senhor.

— E na academia você conhece pessoas que usam?

— Conheço várias. Muitos dos meus colegas que malham usam pra... — e fiquei quieto porque não sabia se deveria dizer o que eu pensava, mas o doutor Wagner parece que adivinhou.

— Para ficar grande, forte...

— Isso.

— Olha, Felipe, não é todo mundo que precisa tomar

suplementos. Assim como não é todo mundo que nasceu para ficar com o corpo de um fisiculturista... Ainda mais na sua idade.

— O senhor não recomendou suplemento para o meu treinador, o Gérson?

— O Gérson é um atleta, Felipe. Ele treina todos os dias de manhã e à tarde. Se dedica ao fisiculturismo profissionalmente. Na rotina que ele leva, precisa complementar sua dieta. É aí que entram os suplementos, com vitaminas, proteínas, minerais, que faltariam na dieta diária dele. Seu caso é bem diferente e, sinceramente, não acho que seja necessário prescrever um suplemento alimentar.

— Mas aí eu ia poder treinar mais...

— Você já treina muito. E treina para ter um corpo saudável ou quer ficar grandão, com os músculos hipertrofiados?

Foi inevitável... Pensei na Mara e na Aline e, pela primeira vez, percebi que não sabia o que eu queria de verdade. Era como se eu agisse pela cabeça dos outros, só para me encaixar em um ideal que eu não tinha muito claro.

— Não sei. Só sei que não quero voltar a ser obeso — respondi com sinceridade e senti o rosto queimar de vergonha. O doutor Wagner sorriu com compreensão e vi que minha mãe se emocionou com minha resposta direta.

— Felipe, você é jovem demais e o ideal é se exercitar de forma contínua e sem exageros. Não precisa fazer exercícios sete dias por semana... Você já resolveu o problema da obesidade, agora precisa apenas se cuidar, para se manter saudável. Você tem que buscar outros programas, se divertir, sair com os amigos, ir ao cinema, passear... Estar feliz contribui para você continuar a se cuidar. Muitos jovens hoje em dia consomem diversas substâncias indiscriminadamente, só para ganhar músculos em pouco tempo, e ignoram o mal que podem fazer para a saúde. A maioria deles não busca a orientação de um médico ou de um nutricionista. Se procurasse, boa parte escutaria o que eu disse aqui: não precisa do suplemento ou de outros produtos. Você já ouviu falar em vigorexia, Felipe?

— Não. O que é isso?

— É um tipo de distúrbio muito parecido com a anorexia, mas em vez de a pessoa se achar sempre gorda e querer emagrecer...

Lembrei da Aline de novo.

— ... no caso da vigorexia, ela julga que o corpo não está perfeito, que precisa malhar mais, definir melhor um músculo. Muitos jovens que frequentam academias vêm desenvolvendo esse distúrbio, Felipe. São viciados na prática esportiva. Excedem nos exercícios de hipertrofia muscular, se exercitam com excesso de carga e acabam usando suplementos sem orientação, e até outras substâncias proibidas, tudo para conseguir o corpo que consideram ideal.

– Que tipo de substâncias proibidas?

– Anabolizantes, alguns termogênicos...

– E é perigoso?

– Bem perigoso. Ainda mais para um garoto em fase de crescimento, um adolescente como você. Os jovens abusam e nem pensam que as consequências podem ser graves... dores nas juntas, probabilidade de impotência sexual e até de desenvolver tumores no fígado. Isso apenas para citar alguns dos efeitos colaterais.

Senti a satisfação da minha mãe sem nem precisar olhar para ela. Fiquei pensando nos caras da academia que tinham me convidado para entrar na vaquinha do suplemento importado. Me perguntei se eles teriam essa tal de vigorexia, mas não achei que fosse possível. Eles pareciam se cuidar... Nunca bebiam nada alcoólico, nem refrigerante, não fumavam, se alimentavam bem pra caramba... Não eram doentes. O doutor Wagner parece que mais uma vez notou o que passava pela minha cabeça e falou:

– Sabe, Felipe... a vigorexia é tão séria quanto a anorexia e nem sempre é fácil de ser identificada porque ao contrário da anorexia, que deixa a pessoa com aparência fragilizada, a vigorexia é um mal que atinge pessoas aparentemente saudáveis, normalmente jovens, bonitas, que se cuidam, se alimentam bem, não bebem, não fumam...

Senti medo porque percebi que podia estar envolvido em algo bem mais complicado do que imaginava. Também senti frustração porque a consulta acabou sem que eu conseguisse a orientação que esperava. O pior foi aguentar a cara de vitoriosa de minha mãe no caminho para casa. Ela não disse nada durante todo o percurso... e nem precisava.

Desde sexta não consigo relaxar. O mau humor tomou conta de mim.

Hoje conversei bastante com a Mara e ela me contou que a Aline vomitou de novo depois de comer, isso lá na casa dela. Eu achava uma besteira a conversa da Mara sobre anorexia e bulimia. Agora, não sei mais. Contei para ela tudo o que ouvi do médico e ela ficou quieta. No final disse que gosta muito de mim e da Aline e se preocupa com nós dois. Isso não ajudou nada!

Não vejo a hora que chegue amanhã para eu trocar umas ideias com os caras da academia. Não consigo acreditar que eles possam ser doentes. Eles se preocupam em manter o corpo legal. OK. Talvez se preocupem um pouco demais... Mas como isso pode ser uma coisa ruim?

ALINE

ILHADA NA PRAIA

O inverno atrasou um tanto esse ano. Eu curti porque isso garantiu que eu não ia mofar dentro da pousada nas férias. Vir para o Balneário Camboriú e ficar dentro do quarto ou andar por aí todo agasalhado ninguém merece.

Férias na praia é tudo de bom! Ainda mais quando o corpo está perfeito para aquele biquininho!!!

O único problema é que o meu não está. Não consegui emagrecer aqueles quase dois quilos que preciso para chegar ao peso ideal... Bem, emagreci um pouquinho, só que ainda falta muito para poder usar um biquíni e parecer maravilhosa.

Então, o jeito é ir à praia de short e camiseta.

Minha prima pegou a mania de dizer que sou louca... Anda repetindo que, depois das férias, preciso visitar um psicólogo e não só a nutricionista... que se eu emagrecer mais levanto voo com a brisa do mar... que vai falar com a tia (no caso, minha mãe).

Nem de longe ela pode fazer isso! A marcação vai piorar demais!!!

Meu pai tirou uns dias de folga para ficar aqui na praia comigo. Para me vigiar, na verdade. Era para eu vir só com minha prima e minha tia – a irmã dele –, mas tudo mudou no último momento. Aí, aumentou a marcação para um nível *hard*... E eu que pensava que isso seria impossível!!! Mas ele conseguiu bater todos os recordes de vigilância. Fica de olho em tudo o que eu como, começou a fazer meu prato e não sai de cima enquanto eu não comer tudo.

Desde o mês passado, quando eu não quis festa de aniversário, eles parecem ter ficado ainda mais neuróticos comigo. Mesmo eu falando que preferia ir à Disney do que ganhar a festa, eles não se convenceram. Meu pai disse que vai organizar tudo para irmos em setembro ou outubro e eu perdi o interesse porque não era para "irmos", era para EU IR.

Ele e minha mãe continuam brigando muito, por celular. É um inferno! Dá vergonha da minha tia e da minha prima ouvirem as discussões dos dois, mas eles não parecem sentir vergonha alguma.

—— • ——

Preciso confessar uma coisa: estou adorando comer! Sentir o gosto de tudo sem culpa é incrível! Não lembrava como era essa sensação. O problema é que nem sempre é fácil driblar todo mundo para poder vomitar sem que eles percebam.

O que tem me irritado é não poder falar com minhas amigas da internet. Minha prima não desgruda um segundo e, se digo que quero conversar em particular com alguém, ela fica toda magoada e faz de tudo para espiar. Não posso arriscar.

Tentei conectar do banheiro, mas lá dentro fica sem sinal de nada, nem da rede, nem do wi-fi.

Não vou ficar quase duas semanas sem falar com elas... Preciso dar um jeito nisso.

—— • ——

Eu gosto de Camboriú. É lindo aqui. Mas é muito diferente vir para cá em julho ou no fim do ano, não tem comparação. Nesse início de inverno, parece que a galera fugiu para outro canto. É a primeira vez que venho para Balneário e não conheço gente nova. Também, meu pai não desgruda!!! Ele e minha prima estão piores que carrapatos.

Acho que eu devia inventar algo para essas férias acabarem antes do previsto. Mas o quê? E eu não quero voltar logo para São Paulo...

Não sai da minha cabeça que a Mara e a mãe dela desconfiaram mesmo de alguma coisa e podem fazer uma fofoca para meus pais. Elas agiram de um jeito esquisito. Quanto mais tempo ficar longe, melhor! As coisas esfriam...

Ai, que vontade de sumir!!!

▶ E eu estava correndo para muito longe.
Eu fugiria do mundo algum dia? 🎵

Será que fugiria, Aurora??? Se você descobrir, me diz o caminho.

A Mara me apresentou a Aurora também. Achei a garota esquisita no início. Voz linda, é verdade. Mas usa umas roupas estranhas, canta meio torta... Falei para a Mara não se inspirar nela, não. Era melhor continuar tendo a Amy Lee como ídolo. A Amy é gótica e velha, mas é bonita. Bem... era bonita... agora não sei como está. Tem quase quarenta anos, deve estar muito velha!!! É, acho que é melhor eu retomar essa conversa e falar para a Mara se inspirar em outra pessoa. Sabe... agora que eu já me acostumei com o jeito da Aurora, acho que ela é uma esquisita legal. A Mara também pode ser uma esquisita legal. Tem potencial para isso!

Ah! E teve a encrenca do Felipe! No domingo me ligou no celular, e é claro que acabou na caixa postal... Sem sinal! O celular do meu pai tem sinal em tudo quanto é canto, o meu... passa mais tempo morto que conectado. Aí pedi o dele emprestado para ligar e ver o que o Felipe queria. Óbvio que ele não deixou. Pedi o da minha prima e ele fez que não com a cabeça... e ela obedeceu. Irritante demais!

A única solução que achei para não ficar alienada, e nem correr o risco de deixar meu amigo na mão, foi usar o telefone da pousada. Quando meu pai fechar a conta descobrirá... Até lá tem tempo, né?

Bom, fiquei uns vinte minutos conversando com o Felipe. Ele me contou o desastre que foi a consulta com o tal médico. Mas era de se esperar, né? Ele que foi idiota de marcar essa consulta e ainda levar a mãe. O que vai ser do Lipe sem meu exemplo por perto?

Como sou experiente, dei umas ideias pelo telefone mesmo, mais para ele se acalmar, e tirei um monte de minhocas que o médico tinha colocado na cabeça dele. Afinal, parece que a medicina é contra tudo o que é novidade. Demoram um tempão para aprovar as inovações e sempre dizem que é preciso testar para garantir a segurança. Que papo foi aquele de que nem todo mundo nasceu para ser musculoso? Que coisa antiga... Com a tecnologia de hoje, as pessoas são como querem e não como a genética manda. Foi-se o tempo em que a pessoa nascia para ser de um jeito. Hoje dá para mudar quase tudo: cabelo, corpo, cor de olho! Bem, se tiver dinheiro para pagar, é claro.

Foi por isso que disse para o Lipe pedir dinheiro de presente de aniversário para os avós dele... Eles não o viram em maio, estavam indo só agora visitá-lo e perguntaram o que ele queria de presente. Olha que oportunidade! Com dinheiro na mão, ele pode ser como quiser, porque os canais ele já tem, não é mesmo?

Tomara que o Lipe seja esperto.

MARA

DE CABEÇA CHEIA

Saí com o Thiago, penseira!

Fomos ao shopping, compramos ingresso para ver um filme e nem entramos na sala. Perdemos a sessão, acredita???

Ficamos conversando tanto, falando sem parar, que não vimos a hora passar. Isso nunca aconteceu comigo, assim de eu me envolver a ponto de o mundo ao redor deixar de existir.

Eu estava tão insegura! Quase desisti de ir. Quando fui me arrumar, percebi que estava me vestindo de Luna, minha personagem do RPG. Não era eu. Ou era... Isso me deixou bem confusa.

Aí coloquei minha bermuda mais larga, uma camiseta enorme, meu par de tênis surrado, prendi os cabelos e fui. No meio do caminho eu queria voltar. Senti até dor de barriga de tanto nervoso.

Quando eu desci do ônibus, vi que o Thiago me esperava na entrada do shopping, do lado de fora, nem para entrar e aproveitar o ar-condicionado... Ele também estava ansioso.

Assim que me viu, abriu um sorrisão lindo. E o abraço foi

tão gostoso quando a gente se encontrou! Ele não parava de mexer nos óculos... Tão nervoso, tãããoo fofo!!!

E a gente desatou a falar e a rir e só percebemos que tínhamos perdido o filme muito depois de ele ter começado... e nem ligamos. Só lamentamos pelo preço dos ingressos. Mas a tarde foi tão maravilhosa que isso importou quase nada.

Antes de escurecer, pegamos o ônibus. Estava um fim de tarde gostoso, um calor com jeito de meia-estação, empurrando o inverno para longe. O ônibus estava cheio, mas a gente não ligou. A conversa continuou, e ele acabou me convidando para ir para o litoral no fim de semana que vem.

— Minha tia tem casa na Praia Grande. Vou descer com a minha família e tem lugar no carro. Vem com a gente?

— Preciso pedir para os meus pais. Não sei se vão deixar...

— Me liga mais tarde para falar?

— Ligo, sim.

Ele já ia descer e deu um beijo no meu rosto. A gente respirou fundo juntos. Foi tão estranho e tão bom ao mesmo tempo. Nos olhamos e ele desceu.

Aí, cheguei em casa meio fora de mim, e minha mãe-detectora-de-qualquer-sinal-de-anormalidade percebeu imediatamente.

— Tem gente flutuando hoje... O que foi tão bom assim, o filme ou a companhia?

Fui contando tudo para ela, enquanto a ajudava a enrolar uma encomenda de brigadeiros. Para dar conta das despesas da casa, ela começou a fazer doces e bolos do mês passado para cá e tem dado bem certo.

Minha mãe é muito legal, consigo falar de tudo com ela. Minhas amigas até pedem para eu emprestar a dona Andréa de vez em quando.

Falei do convite para a praia e ela quis saber se a Sara, mãe do Thiago, iria. Eu não fazia ideia. Liguei para ele, as mães conversaram e combinaram tudo. A Sara iria e já estava sabendo do convite feito pelo filho.

Resumindo... hoje minha mãe me deu um biquíni lindo!!! Todo branco com uns peixinhos coloridos bordados em alto-relevo... Só não sei se vou ter coragem de usar. Experimentei e me achei realmente gorda...

Ainda bem que existem as cangas!

~ * ~

Daqui a pouco vou encontrar o Felipe. Ele anda reclamando que as férias começaram e a gente nem se viu. Semana que vem vai ter encontro dos Buscadores na casa da Michelle, mas ele ficou tão enlouquecido quando soube que vou para a praia com o Thiago que achei melhor não esperar a semana que vem.

Comprei uma camiseta de presente para ele com a frase: "Corpo bonito é corpo saudável". Acho que devia ter comprado uma para mim também... para me convencer de uma vez por todas disso.

Decidi comprar esse presente depois da nossa conversa na segunda. Ficamos até de madrugada conectados e o Lipe estava meio revoltado porque o médico não recomendou o suplemento alimentar que ele tanto queria. E ainda disse que conversou com a Aline e com os colegas da academia e concluiu que o tal médico tinha falado um monte de asneira. Que era um profissional desatualizado, de acordo com a Aline.

Foi difícil acalmá-lo e fazê-lo pensar que talvez não fosse bem assim. Falei da quantidade de sites vendendo os produtos e o número de lojinhas que também comercializam os suplementos. A ideia era mostrar quanto dinheiro a coisa movimenta, mas ele pegou meu discurso de outro jeito e usou para se fortalecer:

— Pois é... Se fizesse algum mal, você acha que seria tão fácil comprar?

Que horror! Eu não estava com toda minha capacidade de argumentação ligada... ou seja, estava com sono e sem vontade de discutir...

Na verdade, continuo com minhas próprias crises e não me sinto no direito de aconselhar ninguém se não consigo estar de bem comigo.

O que não entendo é como a Aline tem coragem de meter o dedo desse jeito na história do Felipe... Que horror! No fim de semana passado, até minha mãe viu que ela não está bem. E olha que minha mãe estava disposta a defender a Aline! Como alguém que está com problemas tão evidentes dá palpite na vida do outro?

Eu tenho certeza de que a Aline é anoréxica e bulímica! Pronto, falei!

Ou melhor, registrei em você, penseira.

Mas minha mãe diz que eu sou radical... que essas doenças não acontecem assim de repente, se desenvolvem num processo que leva meses... E como saber se Aline não está nessa há tempos? Como descobrir quando ela começou a vomitar tudo o que come?

Depois das férias, acho bom mesmo minha mãe falar com a tia Márcia e o tio Marcelo. Por enquanto, eu vou é me preocupar com as minhas férias, com a viagem para a Praia Grande e com minha autoestima... que anda bem em baixa... Acho que vou comprar uma dessas camisetas para mim também. Quem sabe se eu andar por aí com a frase "Corpo bonito é corpo saudável" estampada no peito não me convenço?

LIPE

TEMPO DE MALHAR

"A sua vida é você quem faz!"

Escrevi essa frase num papel sulfite e colei na parede do meu quarto, logo acima da cabeceira da cama. Copiei a frase de um livro de autoajuda da minha mãe.

Esta semana decidi que ela seria meu grito de guerra e já comecei a colocar em prática. Na segunda, a turma da academia recebeu uma nova remessa do tal suplemento, e o Lucas, que foi o cara que organizou tudo, veio perguntar se eu ia ou não participar do rateio dessa vez. Decidi na hora: sim. Peguei uma parte do suplemento e combinei que pago semana que vem.

Depois fiz o que a Aline aconselhou: pedi dinheiro de presente de aniversário para meus avós. Eles chegam semana que vem, aí tudo se ajeita.

Já comecei a tomar o tal suplemento na segunda mesmo. O Lucas me ensinou direitinho como fazer e disse que logo logo vou ver resultado. Tomara. Ele deve saber o que está falando. Tem um corpo todo definido e toma suplemento desde que começou a malhar, há uns cinco anos.

A Mara passou por aqui agora há pouco... Veio me mimar e me deu uma camiseta legal com a frase: **"CORPO BONITO É CORPO SAUDÁVEL"**.

Concordo. Malhando a saúde melhora e o corpo fica cada vez mais bonito e mais saudável. Mais forte também.

Eu estava meio chateado com a Mara. Entramos em férias e nem no cinema a gente foi. Tá certo que nas próximas duas semanas vamos nos ver bastante por causa do RPG, mas nós dois temos uma amizade que vai além dessa galera.

E também fiquei muito bolado com a notícia sobre a Praia Grande com o Thiago. A gente se encontrou no parque e conversou um bom tempo olhando o lago. Eu não tinha vontade de encarar ela e, parece, ela estava igual.

Contei para ela sobre o namoro do Pedro e da Nina. Falei da conversa que ouvi dos nossos "amigos" do Ferreira Boas e sobre como eu me senti. Ela segurou em minha mão o tempo todo. Sei lá por que, uma hora eu perguntei:

— Mara, você teria coragem de namorar comigo?

Ela ficou quieta um tempo, depois respondeu:

— Lipe, a gente é irmão!

— Eu sei, é que...

— Cara, você é lindo, é inteligente, meio viciado em academia, mas isso não desconta muitos pontos... A Nina é que saiu perdendo, Lipe. Nem dá para comparar o Pedro com você. Que horror! E eu só não namoro com você porque te amo como irmão.

— Isso não é muito legal de ouvir...

Aí ela me abraçou apertado e perguntou:

— E você, namoraria comigo?

Pensei um pouco e percebi:

— Seria bem esquisito, né?

— Não é?

E rimos juntos. Assumo que tenho ciúmes dela, mas não dá nem pra pensar que estou apaixonado por ela. É um ciúme de melhor-amigo-quase-irmão. Não quero dividir a Mara com outro cara, mesmo que ele seja legal como o Thiago.

x x x

Eu só não contei para a Mara que essa semana aumentei o ritmo na academia. Pedi para o Gérson montar um treino novo para mim e disse que o doutor Wagner tinha recomendado o tal suplemento. Duvido que ele vá se dar ao trabalho de checar se isso é verdade. E, com o treino novo, tenho colocado mais carga, sem que o Gérson saiba... O Lucas tem me orientado nisso também!

Quero ficar forte. Decidi! E não vejo mal nenhum nisso. O que tem de errado em querer um corpo bonito, bem cuidado?

Durante tanto tempo ouvi zoações e eu mesmo me zoava... Quem gostava de mim dizia que eu precisava me cuidar, mas eu nem achava que era tão gordo assim. Só descobri que era obeso quando fui parar no médico por conta de dores nos joelhos, e aí me falaram sobre todos os outros problemas que eu poderia ter.

Agora eu me cuido e continuo sendo zoado. Não do mesmo jeito, mas ainda não me sinto seguro... Aposto que quando eu ficar forte tudo vai mudar. Acho que até a Mara e a minha mãe vão dar o braço a torcer ao verem que valeu a pena meu esforço.

MARA

FIM DE SEMANA DE MUITO SOL E (A)MAR

Nossa! O fim de semana passou voando... Deu praia no sábado e no domingo. Não estava aquele calor total do verão, mas estava gostoso e ensolarado. Só no luau do sábado à noite é que estava frio e todo mundo foi para a areia cheio de roupa. Até cobertor teve gente que levou!

No sábado, passei o dia todo enrolada na canga, explodindo de vergonha e sem nenhuma coragem de me expor no biquíni e dar um mergulho. Morri de vontade, mas resisti.

Aí, no domingo, a Cintia, irmã do Thiago, veio ter uma conversa comigo, querendo saber por que eu não tirava a canga e nem entrava no mar. Perguntou se eu estava bem, se estava com cólica. Que horror! Morri de vergonha mais ainda!

Resolvi ser sincera... Afinal, não sou boa em inventar desculpas.

— É que eu me acho meio gorda, Cintia... e não tenho coragem de andar só de biquíni pela praia.

Ela riu. Acredita? Fiquei meio de cara feia. Aí ela falou:

— Vambora, Mara. Arranca esse pano e vamos dar um

mergulho que o mar está uma delícia.

— Não, vai você.

— Você não percebe que vai perder boa parte do passeio enrolada num pano por bobeira? Olha em volta... Tem gente de tudo quanto é jeito... gordo, magro, bronzeado, desbotado, camarão... mas todo mundo está curtindo a vida! Curtindo esse mar bonito que Deus nos deu! Cada um é bonito do seu jeito. Se fosse pra todo mundo ser igual, Deus tinha feito as pessoas todas assim, não acha? E olha que a mesmice seria uma chatice! Já pensou todo mundo igual? Uma grande caixa de palitos de fósforos?

— É... — dessa vez eu que dei risada. E quando percebi, já estava em pé indo em direção ao mar puxada por ela com canga e tudo.

Joguei a canga na areia, no meio do caminho, e fui me juntar à galera que jogava bola dentro d'água. O Thiago viu a gente chegando e abriu um sorrisão lindo.

Foi demais. Me diverti muito e ninguém fez qualquer observação sobre eu estar mais cheiinha ou coisas assim.

Depois, eu e a Cintia fomos juntas fazer uma tattoo de henna. Eu fiz um golfinho na nuca. E, ainda, passamos na feirinha de artesanato e compramos colares e brincos.

Fazia tempo que eu não me sentia tão bem comigo mesma... Por mim, morava nesse lugar... Está certo que eu ia ter saudades dos meus pais e dos meus amigos, do Lipe, da Aline...

Acontece que a turma daqui é tão legal e tão sem problemas... Ninguém fica atrás de mim contando calorias de tudo que come... nem rola papo de academia ou malhação... Dois dias de sol e estou bronzeadíssima! Ou quase... O fato é que me sinto lindaaa!!!

Bem...

Penseira do céu, o Thiago disse que sou linda!!!

Ai, estou me sentindo tão boba!

Mas não consigo controlar essa sensação gostosa.

E ele disse isso várias vezes.

Primeiro foi no sábado cedo, quando a gente estava andando para a praia. Ele falou que meus cabelos soltos, ao vento, eram algo lindo de ver.

Depois, à noite, quando cantei no luau. Ele chegou pertinho e disse que eu estava iluminada pela lua e que isso me deixava ainda mais linda do que sou.

Não resisti. Foi aí que aconteceu nosso primeiro beijo e foi tão gostoso. Quer dizer, no início não foi, não. A gente não se encaixou perfeitamente como parece acontecer nas histórias e nos filmes românticos.

Mas, com calma, tentamos de novo e, depois de um tempinho, ficou bom demais. E ficar abraçada com ele foi gostoso demais também. Sentir as mãos dele fazendo carinho nos meus cabelos... ai!

No domingo, desde cedo, a gente andou de mãos dadas. E ninguém falou nada, nem a mãe dele, nem a irmã, nem a tia, ou os primos, ou os colegas deles lá da praia.

Cheguei em casa agora há pouco e já estou com saudades do Thi. Amanhã a gente vai se encontrar, mas eu queria continuar lá na praia, com ele.

~ * ~

Mandei uma mensagem para a Aline, outra para o Felipe e outra para o pessoal da banda, combinando de retomarmos os ensaios na próxima semana...

A Aline respondeu na hora, dizendo que já está de volta a São Paulo e que não vê a hora de me encontrar, pois está precisando muito falar comigo. Depois daquele dia do vômito aqui em casa, achei que ela fosse fugir de mim e não querer conversar... Que encrenca essa menina arrumou agora pra já ter voltado de Camboriú? Que horror pensar assim, mas se quer mesmo conversar deve ter se metido em alguma de novo... e das grandes.

O Felipe parece estar todo feliz da vida, disse que mudou o treino na academia e que, daqui a um tempo, eu nem vou mais reconhecê-lo. Exageraaado!!! Tomara que não esteja se metendo em nenhuma roubada.

No grupo da galera da banda, os meninos mandaram um "salve". O Guto falou para eu levar algum som novo na semana que vem. Ele conseguiu inscrever a gente em uma competição que vai rolar em outubro... Vamos ter que nos empenhar mais para ensaiar. Tomara que todos se comprometam. Vou ver qual das minhas canções vou apresentar a eles, mas faço isso amanhã porque agora eu quero dormir... e sonhar com o Thi.

NO CELULAR, 23:00 HORAS

> Oi, amigas!!! 👋 Voltei!!!

Moniquinha
Q sumiço, Li!!! Como foi de viagem?

> Mais ou menos... 😕 Meu pai fez muita marcação e me obrigou a comer muitooooo!!! 😠

Moniquinha
Você n engordou, né?

> Claro q n! Mas cansei de miar 🤮🤮🤮!!!

Moniquinha
Olha, aí 😮!!! A novata aprendeu direitinho!!! 🙌

> Mô, estou preocupada... passei mal mais vezes. 😌

Moniquinha
O q aconteceu?

Tipo, tive aquelas tonturas de novo e uma vertigem muito forte na praia. A gnt até voltou antes pq meu pai ficou preocupado. Ando sem energia pra nada. Pareço uma lesma me arrastando!

Moniquinha
Não esquenta, Li. Vc tá fazendo td certo. 👍 N tem com o q se preocupar.

Msm? Ai que bom! 😊 É maravilhoso poder falar com vcs de novo... Estava me sentindo mto deprê e sozinha. 💔

Luadecristal
Oi, migas! Li, vc voltou? Q bom!!! E aí? Firme na Ana e na Mia? 😊

Claro! Sempre...

Luadecristal
Vcs nem imaginam o remédio q descobri!!! 😍

Moniquinha
Põe na roda, amiga.

Mel
Oi! Cheguei!

Moniquinha
E aí, Mel! Tá melhor?

Vc ficou doente?

Luadecristal
Mais ou menos... Ela tava mto deprê, sabe?

Mel
Td certinho. Li, bem-vinda ao clube. É, eu andei mto mal... Pensei q nada na minha vida valia a pena... mas passou. Quer dizer, melhorou. Então, Lua... descolei aql antidepressivo e ele é demais!

Luadecristal
Tirou mesmo a fome?

Mel
Total! Agr nem preciso mais me controlar... O remédio me controla sozinho! D+, né?

Moniquinha
E n precisa de receita pra comprar?

Mel
Precisa... Eu tenho receita pq passei pelo médico e estava mesmo deprê. Mas um amigo meu sabe como conseguir sem receita. 🤐 Se quiserem, passo o contato dele pra vcs... Ele manda a encomenda por correio!

Luadecristal
Passa sim. 😃

Moniquinha
Eu n gosto de nenhum antidepressivo...

Mel... Esse seu amigo q arruma o remédio tb é pró Ana e Mia?

Mel
É sim.

😮 Nunca vi um menino falando dessas coisas.

Moniquinha
É q vc é novata ainda. 😄😄😄

> Mel, se eu tomar esse remédio aí q vc falou, não preciso mais vomitar? 😳
> É q detesto esse lance de miar... e minha garganta fica ardendo o tempo todo. 😫
> E eu comecei a ter refluxo, tá bem ruim! Fica tudo azedo e queimando!

Moniquinha
Olha, Li, vc n disse q seus pais controlam o q vc come? Se tomar esse antidepressivo vai parar de comer, e eles vão perceber...

Luadecristal
O lance é só pra quem n consegue se controlar, entende? Come demais pq tem vontade... tipo compulsão.

> Sei... E aql outro negócio q vc falou, Lua?

Luadecristal
Ah, é um laxante. Pode ajudar sem despertar a desconfiança dos seus velhos. Mas dá uma tremenda dor de barriga!

Moniquinha
Lua, passa o nome do seu pq comigo tá difícil de achar um q ainda faça efeito.

> Mas... tipo assim... dá dor de barriga mesmo?

Mel
Li, vc precisa de um intensivão. Se quer mesmo ser magra de vdd só regime n adianta, miga... 😠

Moniquinha
É isso aí. E o q importa é ser magra, né, Li?

> Claro. O q importa é ser magra.

—— • ——

Minutos depois...

> Oi! Tá acordada?

> Queria conversar.

> N tô legal, sabe? Andei conversando com umas amigas e n fiquei bem.

> Qdo puder falar vc me chama? bj

LIPE

O INESPERADO DESTINO DE FELIPE, O PODEROSO

Nossa! Encontrei a Aline ontem aqui no prédio. Nem sabia que ela já havia voltado da praia... Disse que antecipou o retorno por causa de uma consulta com o médico e que a mãe dela fez questão de marcar também um horário com um psicólogo, sei lá por quê. Maior estranho.

E a cara dela, então? Desbotada total.

Nem parece que passou uns dias na praia. Parece é que engoliu um litro de enxaguante bucal, de tanto aroma de menta! Eu não aguentei e perguntei:

— Aline, não fez sol lá no Sul?

— Fez, mas eu me protegi...

— Mas não pegou nenhum solzinho?

— Bem pouco. Sol envelhece a pele. Você devia saber! Fora isso, gorda do jeito que estou, não queria parecer uma baleia albina de biquíni encalhada na areia e virar atração local.

— Gorda? Aline, se liga! Você tá parecendo uma dessas modelos magérrimas. Se for pra zoar, tá mais pra cabide que pra baleia... Palavra de quem entende dessas coisas de ser zoado.

— Tá bom, Lipe. Não adianta falar isso só pra me agradar.

— E seu hálito está tão perfumado!!! Engoliu um litro de enxaguante?

— Eu me cuido! E você, se cuida? Tá tomando o suplemento? Deu certo?

— Certíssimo!!! Fiz o que você sugeriu e intensifiquei os treinos!!!

Ganhei aplausos e um sorriso, meio triste na verdade.

— Tá vendo como eu sei das coisas? — disse a Aline, e se despediu com um jeito estranho, explicando que ia encontrar a mãe para ir ao tal psicólogo.

x x x

Não fiquei legal depois desse encontro... uma sensação de preocupação e tristeza criou uma mistura azeda em mim. Estou preocupado com ela, mas parece que a Márcia e o Marcelo estão ligados, né?

É louco como a Aline não percebe que está doente. E pensar que a Mara pode estar certa... Olhando agora, concordo que a Aline deve estar com anorexia, bulimia... ou em um caminho sombrio desses.

É louco como algo que machuca um amigo nosso também machuca a gente.

Assim... Minha vida vai bem. Estou sentindo os primeiros efeitos do suplemento e da malhação mais intensa... Meu corpo dói que é uma coisa! Sinal de treino funcionando... Estou empolgado e, parece, descobri o caminho certo! Pena que, depois de encontrar a Aline, perdi parte de minha empolgação. E olha que tenho mais motivo para sorrir!

x x x

Ontem encontrei o pessoal na casa da Michelle para jogarmos, e não é que ela armou para mim? Foi uma armação inesperada e boa, não tenho do que reclamar. Ela me mandou uma mensagem pedindo para chegar meia hora antes do combinado. Disse que precisava de ajuda para arrumar a garagem para a gente jogar e que a Sofia avisou em cima da hora que não conseguiria chegar mais cedo. Eu fui. Estava tudo prontinho para receber a galera, não tinha nada para arrumar. Fiquei sem entender, até que a Michelle disse:

— Tava doida pra ficar sozinha com você, Felipe!

Fiquei sem resposta.

— Fe, você é gato demais, fofo, cavalheiro, forte, guerreiro... Precisava abrir meu coração e te falar que você é meu *crush*. *Hashtag* pronto falei! Ai que vergonhaaaaa!

Primeiro eu balancei, não esperava por uma declaração como aquela. Mas o vacilo foi rapidinho, logo recuperei o equilíbrio e mandei bem (MENTIRA! Fiquei nervoso demais e falei tudo sem pensar... ainda bem que deu certo). Acho que eu disse algo assim:
— Que declaração mais linda. Me derreteu.

A Michelle tomou a iniciativa e, quando percebi, a gente estava se beijando. E ficamos assim até o Thiago e a Mara chegarem... Chegaram de mãos dadas. A gente tentou disfarçar, mas a cara daqueles dois deixava claro que não rolou o disfarce. Sabe aquele risinho besta? Estava no rosto deles.

Aí o Thiago confirmou, falando:
— Tá faltando aventura entre os Buscadores da Terra Média e sobrando romance, não acham?

Rimos, e eu quis saber:
— Como vocês perceberam?
— Vocês estão total manchados de batom.

No nervoso de sermos surpreendidos, nem eu nem a Michelle tínhamos notado isso, mas foi a Mara falar para a gente se olhar e começar a rir alto.

Antes que o resto do povo chegasse, fomos dar um jeito na prova do crime e, quando voltamos, flagramos um beijaço da Mara e do Thiago. Ao contrário de nós, eles não ficaram com vergonha ou tentaram disfarçar. E sabe que eu gostei de ver a Mara com o Thiago? Ele é um cara legal.

Parece que quando as nossas feridas começam a se curar, a gente consegue curtir mais a felicidade de quem a gente gosta. O sentimento de ciúme perde o sentido.

Jogamos até tarde e fizemos uns lanches de atum, para manter todxs xs guerreirxs e magxs de pé. Na hora de ir embora, dei só um selinho na Michelle, porque estava todo mundo olhando, e isso já foi suficiente para o coro de "Tá namorando" rolar alto. Até o Thiago e a Mara ajudaram.

Combinei de ver a Mi hoje, depois do meu treino... sem nenhum dos nossos amigos por perto. Acho que vai ser bom para tirar esse ranço que ficou depois de falar com a Aline.

Sabe, esse lance com a Mi foi algo inesperado, é verdade. E foi totalmente bom. Estou me sentindo tão melhor que na semana passada!

ALINE

VIDA EM CAOS

▶ Três anos de terapia não me fizeram melhorar.
Continuo acordando chorando no chão.
Eu sei que sinto demais às vezes... 🎵

Na última semana, meu único programa tem sido quarto e música. Só música que descreve a minha vida. Tipo essa da Noah Cyrus.

Passei por duas consultas com a doutora Meire, minha nova psicóloga, que é até melhor que o antigo, aquele que me atendeu na época em que meus pais descobriram meus regimes... Tive uma consulta com a nutricionista chatonilda-sabe-tudo e outra com o nosso médico horrível, o doutor Inácio! ARGH! Essa junta médica só serviu para deixar meus pais malucos. Disseram que estou anoréxica e bulímica... Pode?

Como são capazes de invadir assim a vida de uma pessoa?

Meus pais surtaram, não param de culpar um ao outro, me fizeram começar um tratamento imediato e ainda ameaçaram:

— Ou você leva a sério, ou internamos você numa clínica de recuperação! — gritou meu pai até me "convencer".

A calma, que é uma característica dele, desapareceu!

Aceitei as consultas com a doutora Meire, é claro... Não acho que eles realmente teriam coragem de me internar, mas... melhor não arriscar, né? Pelo menos ela me ouve e parece que me entende.

Aí, aconteceu algo PIOR!!!

Minha mãe me flagrou no app com a Moniquinha, a Lua e a Mel, bem quando eu reuni coragem e comecei a contar tudo para elas... Foi absolutamente horrível!

— Que porcaria é essa, Aline? — gritou, tomando o celular de minhas mãos.

— Mãe, eu só estou conversando com minhas amigas...

— Amigas? Olha isso aqui!!! Pra que essas amigas estão passando nome de diurético? E essa aqui falando que ficou sem comer por dez dias!!! E o que é essa história de miar pra cá, miou pra lá? Elas são todas doentes que nem você, não é, Aline??? Fala a verdade! E olha essa conversa de ontem!!! Você está sem menstruar há meses? Como não contou isso para o médico??? Isso é muito sério, Aline!

Demorei tanto para me abrir com as meninas e fiz isso bem na véspera de minha mãe invadir minha privacidade como um trator!!! Ela leu tudo o que conversamos, chorou, gritou, deu bronca, tudo ao mesmo tempo. E ainda me ofendeu...

Doente?

Eu não sou doente!

Ela colocou um negócio aqui no meu celular que controla os sites que entro, minhas redes sociais e os apps de troca de mensagem. Nem por e-mail consigo falar mais com as três sem que ela fique sabendo... Acabou minha privacidade!

Estou me sentindo muito agredida!!!

E a Mara, que nem respondeu às mensagens que mandei? Tentei marcar de a gente se encontrar e ela tinha compromisso. Como pode isso? Não percebe que estou precisando dela? Egoísta! Isso sim! Ela é uma grande egoísta!!!

Meu cabelo está horrível, começou a cair e não para mais... Cai aos montes!

Minhas unhas estão quebrando, esfarelando de tão fracas.

Descobri que estou anêmica, por isso minha menstruação sumiu.

E minha garganta parece que está em chamas, de tanto que arde. Isso sem falar no bafo! Não tem enxaguante bucal que tire esse gosto horrível da minha boca.

E eu estou imensa de gorda! Minha calça 34 nova nem precisou de cinto, dá para acreditar? Tá superjusta!

Minha mãe está com mil olhos em mim. Impressionante! Antecipou as férias do trabalho e não me deixa sozinha um instante. Está quase impossível driblá-la para vomitar... e ela chegou perto de descobrir o meu laxante... Deu uma busca policial no meu quarto que foi pra lá de invasiva. Só não encontrou porque eu tive sorte...

Em resumo: minha vida virou um caos! Triste e sombrio...

MARA

SERENIDADE? PUF! SUMIU!!!

As aulas voltaram há duas semanas e a vida anda agitada. Preciso assumir que eu tentei fugir da Aline nesses dias. Fui até onde consegui para não ser envolvida pelo campo de escuridão que ela gera.

Tem tanta coisa boa acontecendo na minha vida que eu só queria aproveitar. Curtir um tempo de "a vida é linda!!!", sabe?

Será que fui egoísta?

Eu estou gostando muito do Thiago. Ele faz eu me sentir bem sempre. E nem precisa falar nada, basta sorrir, me abraçar, fazer um cafuné. A gente se completa demais! É tão amorzinho!!! Tão delicinha!!! Tão..., que nossos amigos estão reclamando do grude.

Ciumentos!

Até nos ensaios da banda o Thi me acompanha e ajuda a montar e a desmontar equipamento. Oin... Fofo!

Reconheço. A gente está um grude que só! Mas é tão bom! Quero aproveitar cada minuto.

E minha onda de felicidade também se completa por ver o Lipe bem.

Agora somos dois casais *shippados* entre os Buscadores da Terra Média: eu e o Thiago — Mago; e o Felipe e a Michelle — Fechelle...

Não é por nada, não, mas Mago ficou mais legal!

Falando sério: fiquei contente demais pelo Lipe e a Mi terem se entendido. Eu estava preocupada com o Lipe nos últimos tempos, mas a Mi vai ser boa para melhorar a autoestima dele e fazê-lo entender que ele já é lindo e não precisa de nada artificial para moldar seu corpo. Quem sabe ele até dá uma diminuída nas muitas atividades físicas que anda fazendo...

Bom, ontem à noite encarei de ler todas as mensagens da Aline com calma e respondi marcando de nos encontrarmos hoje. Afinal, amigo é para tempos bons e ruins, não é mesmo?

Ela pediu que eu fosse até o prédio dela, disse que a mãe não a está deixando sair depois de voltar do colégio. Só essa pista revelava que a situação era bem feia.

Devia ter me preparado!

Quando cheguei lá, no meio da tarde, foi a tia Márcia quem veio me receber na portaria do prédio! Megabizarro. Ainda mais em um dia de semana e a tia sendo a pessoa mais *workaholic* que eu conheço. Ela contou o que aconteceu nas últimas semanas e como descobriu sobre a doença da Aline durante as férias. Senti minhas pernas bambas ouvindo tudo e vendo que minhas desconfianças foram todas confirmadas.

Então, ela perguntou se eu sabia de alguma coisa antes, mas eu neguei, não achei que era o caso de falar sobre minhas suspeitas. Justifiquei que meu contato com a Aline vinha diminuindo e eu só achava que a obsessão dela pelo corpo ideal andava mais acentuada nos últimos tempos.

Depois dessa conversa, fomos para o apartamento e levei um susto quando encontrei minha amiga. A Aline está esquelética. Pálida que nem papel. Com cara de doente. Fiquei tão triste! Mas minha tristeza não se compara ao que ela sente. Quanta dor!

Conversamos um monte e parece que ela começou a reconhecer que tem um problema. Ainda assim, de vez em quando, fala com empolgação de umas amigas que fez na internet e com quem, parece, perdeu o contato... Não entendi direito, mas acho que é um povo que defende os distúrbios alimentares como estilo de vida. Dá para imaginar algo assim??? Que horror! E ela se deixou envolver nessa loucura. O pior é que eu acho que ela não tem a noção do quanto se afundou:

— Eu me sentia tão bem quando conversava com elas... As meninas me entendiam, sabe, Mara?

— Foram elas que ensinaram esse lance de vomitar pra você?

— Foram... Quer dizer, eu já conhecia a técnica. É só dar uma busca na internet que tem tudo lá. As meninas só ajudaram, deram várias dicas, tiraram minhas dúvidas, me apoiaram...

— Aline... elas não ajudaram. Elas estão num buraco e puxaram você pra dentro...

— Tá vendo? Você também não me entende, Mara. É igual aos meus pais. Só sabem julgar!

Em alguns momentos, sentia que ela estava tentando me convencer disso... de que o certo era defender a bulimia e a anorexia... Sinceramente, eu não sabia como reagir, o que dizer.

Perguntei se ela continuava vomitando e ela negou, mas não sei... Não acho que foi sincera.

Saí de lá muito mal, sem ter a mínima ideia sobre o que fazer para ajudar a Aline. Aí cheguei em casa e passei um tempão conversando com minha mãe. Como sempre, ela ouviu tudo com atenção e, depois, sugeriu que eu pesquisasse na internet algum grupo de apoio a bulímicos e anoréxicos em recuperação.

Nem sabia que isso existia e foi difícil encontrar. Agora, vou te contar, penseira: como tem site falando besteira e como é fácil achar ideias malucas para manter o corpo magro a qualquer custo! Cheguei a conversar com uma moça que coordena um grupo de apoio, ela estava on-line no momento em que visitei o site e eu entrei no chat.

O ruim é que não adiantou muito. Quando contei que estava ali para descobrir como ajudar uma amiga com esses problemas, a resposta foi que eu não poderia fazer quase nada, a não ser ficar por perto, dar carinho e apoio. Disse que apenas a própria pessoa pode se ajudar e, para isso, deve reconhecer que está com problemas.

A Aline até está fazendo a terapia, mas sei lá... Algo me diz que ela ainda quer o corpo perfeito, tem uma visão bem distorcida do que é essa perfeição e continua disposta a se mutilar ainda mais para atingir seu ideal.

Como alguém pode ficar assim tão obcecado? Como pode prejudicar a própria saúde desse jeito? E nem se dar conta disso! Vale a pena buscar uma beleza artificial e tão sofrida?

Vendo a Aline desse jeito, eu volto a pensar que não vale a pena buscar ter um corpo que OS OUTROS dizem ser o perfeito, o ideal.

Cada um é de um jeito. E todos somos perfeitos, cada um a sua maneira... Ou todos somos imperfeitos... sei lá! Mas aí é que está o encanto. O mundo é recheado de beleza. E a beleza não está no padronizado, no que é falso... está na diferença, naquilo que é único em cada ser humano. Vou escrever uma música sobre isso..., vou gravar e dar para a Aline. Quem sabe assim consigo falar para ela o que penso e sinto. Quem sabe assim ela consegue ouvir e compreender.

Eu reconheço que é muito difícil não se encaixar, ir contra a corrente, mas sinceramente: besta é quem não enxerga a beleza na diversidade.

~ * ~

Fui para o apartamento do Lipe quando saí da Aline e fomos juntos para a casa do Thi, encontrar o resto do pessoal. O jogo seria lá dessa vez. No ônibus, depois de contar tudo para ele, dessa nossa tristeza acabou nascendo uma brincadeira. Dá para acreditar? Amigo é algo muito precioso, né? Ele me cutucou, depois de uns minutos de silêncio, e falou ao meu ouvido:

— Vamos olhar as pessoas que estão aqui no ônibus e falar algo de bonito que cada uma delas tem?

Fiquei quieta, pensando naquilo, sem entender direito. Aí ele começou:

— Olha aquela mulher, sentada lá no fundo, de vestido todo colorido. Viu como ela sorri enquanto vê algo no celular?

— O sorriso dela é lindo, né?

— É... e o jeito como prende os cabelos também. E olha o menino ali, sentado perto janela, pequeno e magrinho.

— Está olhando pra gente... Os olhos dele são tão escuros que parecem desenhados.

— E reparou como os olhos parecem contornados?

Depois dessa foi fácil. O tempo voou, não vimos a viagem passar, apenas a beleza se revelando em cada detalhe dos humanos com quem dividimos aquele momento.

Quando descemos, o Lipe disse baixinho para mim:

— Você é linda, Mara.

— Você é lindo, Lipe — respondi.

Seguimos andando de mãos dadas e chegamos mais leves a mais um encontro dos Buscadores da Terra Média.

ALINE

O QUE EU QUERO?

GATA — Grupo de apoio aos transtornos alimentares
Line, Vanessa, Beta

Line
A minha amiga Mara veio aqui todos os dias desta semana. Tem sido legal conversar com ela, ver filmes... Até cantar juntas a gente cantou!

GATA
Legal, Line. Essa menina parece mesmo ser sua amiga. É muito importante ter amizades sinceras nesse momento.

Vanessa
Line, você acha que já sarou? Tipo assim, tá curada?

Shirley Souza

GATA — Grupo de apoio aos transtornos alimentares
Line, Vanessa, Beta

Line
Sinceramente, não sei. Minha psicóloga diz que é um processo longo, que pode demorar anos. Mas acho que já melhorei bem, que já tenho o controle.

GATA
E você parou de vomitar?

Vanessa
Parar eu não parei, só diminuí muito a quantidade de vezes que faço isso. Mio, quer dizer, vomito apenas quando quero. Não é mais todas as vezes em que como.

Vanessa
É assim que se fala, amiga! Eu superei a Ana e a Mia há seis meses e ainda tenho umas recaídas... Precisa manter a vontade firme sempre. É pra isso que estamos aqui!

GATA — Grupo de apoio aos transtornos alimentares
Line, Vanessa, Beta

Beta
E suas unhas melhoraram, Vanessa?

Vanessa
Melhoram bastante, já não estão tão quebradiças... E você, Line, ainda sente dores na garganta?

Line
É... sinto... e no estômago também. O refluxo não parou. Tá ruim na hora de dormir. Fora que meu intestino anda maluco. E eu ainda não voltei a menstruar.

GATA
Logo tudo melhora. Você precisa voltar a ter a alimentação certinha e não tomar mais aqueles laxantes.

GATA — Grupo de apoio aos transtornos alimentares
Line, Vanessa, Beta

Line
E você, Beta? Você acha que tá curada?

Beta
Não sei. Talvez. Já são dois anos de terapia, né? Mesmo assim, sabe que eu não me arrependo de nada?

Line
Nem eu

Vanessa
Eu continuo achando que o importante é ser magra.

Vanessa
Apoiada. No meio de tudo isso, essa é minha única certeza. Só quero ficar magra!

Fico olhando o que acabei de escrever no celular... Será mesmo que eu só quero ficar magra? Não aguento mais me sentir tão mal... ouvir que estou doente... não gostar do que vejo no espelho.

Será que a Mara tem razão quando diz que o certo é ter um corpo saudável e não ser obcecada por um corpo perfeito? Será mesmo que agi errado esse tempo todo?

Por mais que eu pense, não sei se algum dia terei certeza do que é certo ou errado nisso que estou vivendo... Estou tão cansada... Como diriam os *boys* do Imagine Dragons:

> ▶ Estou irritado e cansado com o jeito
> Como as coisas têm sido. (...)
> Não me diga o que você acha que eu poderia ser. 🎵

Ninguém faz ideia do que eu sou, sinto e penso. Ninguém faz ideia de nada do que se passa em mim.

LIPE

TEMPO DE REFLETIR

Tenho acompanhado o que acontece com a Aline meio de longe. Ela não deixa eu me aproximar, só quer falar com a Mara. Se isso fosse há alguns meses, ficaria com ciúmes. Hoje, não. A Mara dá suporte para a Aline e, depois, dou suporte para a Mara. Um ajuda o outro.

É muito doloroso ver alguém de quem gostamos sofrer assim. Na escola a Aline se isolou. Chega em cima do horário da aula, vai para a biblioteca durante o intervalo, volta correndo para casa no fim do período.

Conversa com a turma só o que é essencial. Para falar a verdade, todo mundo se afastou dela também. É como se as polaridades iguais de dois ímãs se repelissem. Ninguém quer ficar perto demais, a ponto de sentir o que ela sente.

Eu virei meio que um anjo da guarda da Aline. Fico por perto, disponível para quando ela precisar. Sei que ela percebe.

Fora isso, ando meio mal porque eu e a Mi estressamos. Ela acabou comigo, na verdade. Reclamou do tempo que eu dedico à academia. Disse que não sobra muito espaço para nós e que eu estou sempre moído, sem pique para nada. Também reclamou das vezes em que desmarquei de vê-la porque queria treinar.

Estou sem falar com ela desde anteontem e sinto uma falta imensa. A Mi já ocupou um espaço enorme em mim. Não quero ficar sem ela.

Acontece que eu precisei intensificar mais os treinos porque o Lucas disse que só o suplemento não vai fazer milagres. Para falar a verdade, ele disse mais. Contou que ele mesmo só conseguiu ficar com o corpo que queria depois que começou a tomar bomba e a malhar pesado mesmo... que o suplemento ajuda, porém não é suficiente.

Malhar pesado estou malhando.

Agora, tomar bomba? Sei não...

Perguntei o que exatamente ele tomava, e ele respondeu que um tipo de anabolizante e que tomou um termogênico por um tempo.

Aí, me lembrei do doutor Wagner e de minha consulta frustrante. Não deu para evitar... Pensei se o Lucas teria aquele tal distúrbio parecido com a anorexia. Pensei também na Aline. A Mara via que ela estava doente. Eu não via... ou não queria ver. O Lucas não parece estar doente. Ele é saudável, forte, chama a atenção da mulherada da academia, se cuida... Será que eu não quero ver a realidade?

Eu acho que ele sabe o que faz, mas o doutor Wagner disse exatamente isso, não foi? Que não é a aparência que revela a vigorexia. Ainda assim, perguntei:

— Lucas, esses negócios que você toma não são perigosos?

— Só pra quem abusa ou pra quem não sabe tomar direito. Eu aprendi com um amigo meu quando tinha uns 17 anos... Ele toma há mais de oito anos e nunca teve nenhum problema de saúde. Faço tudo direitinho e olha o resultado aqui! — e exibiu o corpão.

— E eu compro esses negócios nas lojas de suplemento?

— Não, né, mané? Anabolizantes têm venda controlada e o termogênico que eu usei é proibido aqui no Brasil. Se quiser entrar nessa me diz, aí eu descolo pra você e, de quebra, ensino a usar. Viro seu *personal trainer*! Viu que poder, moleque?

— Legal, vou pensar e depois falo o que decidi.

— Só lembre que esse é o único jeito de ter seu corpo realmente musculoso rapidinho. Ou é isso, ou é uma vida inteira malhando e fazendo dietas. Coisa que só profissional consegue.

Dessa vez resolvi pesquisar sozinho. Já tinha ouvido

falar dessas coisas, mas nem o doutor Wagner chegou a explicar direito tudo o que elas poderiam causar.

Foi fácil achar informação e parecia que a maioria alertava para os perigos do uso de anabolizantes e termogênicos proibidos.

O termogênico, pelo que entendi, aumenta a temperatura corporal e a queima de gordura, mas algumas substâncias podem provocar taquicardia, desidratação, mudanças de humor, insônia... Até AVC o negócio pode causar!

Dos anabolizantes fiquei com medaço! Os efeitos colaterais podem ser horríveis... calvície, acne (como se eu já não tivesse um monte!), doenças cardiovasculares, tumor no fígado, pressão alta, desenvolvimento dos mamilos e em adolescentes pode interromper o crescimento. Eu que não quero ser um tampinha para sempre! É uma maldição digna de filme de terror... É muita possibilidade de dar ruim!

Por outro lado... Sempre existe outro lado, né? Pois é, os caras ficam musculosos pra caramba.

Vi também que parece que nenhum médico receita anabolizante para uma pessoa saudável.

Continuei a pesquisa para entender como os anabolizantes funcionam e descobri que eles são hormônios sintéticos, ou seja, artificiais, que substituem a testosterona...

Ops! Acho que tenho testosterona suficiente, mas ainda assim ela parece não desenvolver meus músculos do jeito que quero.

Outra coisa que me deixou preocupado foi saber que quem vende anabolizantes proibidos em sites, ou em qualquer outro esquema, comete um crime e pode ir parar na cadeia... O Lucas, no meu caso, seria o traficante! Pode?

Não durmo bem desde que tudo isso aconteceu. Minha cabeça lateja com a quantidade de informação e eu ainda tenho gasto todo meu tempo livre pesquisando mais e mais. Eu sei que preciso escolher se quero correr os riscos para ter um corpo ideal rápido, ou se prefiro ir aos poucos e garantir minha saúde... ainda que não consiga todos os músculos com que sonhei.

Essa escolha depende apenas de mim, mas é quase impossível ter certeza de qual o melhor caminho...

VOLTAS E REVIRAVOLTAS

Felipe decidiu o que faria naquela mesma tarde, depois de ler várias vezes a frase sobre a cabeceira da cama: "A sua vida é você quem faz". Tinha tomado o suplemento mesmo contrariando a opinião médica, não tinha? E nada de mau acontecera, pelo contrário. Lembrou-se de Aline dizendo que as pessoas têm medo de novidades e que viver é correr riscos.

Foi para a academia decidido a encomendar os produtos com Lucas, mas não encontrou o colega. Sentiu-se frustrado e menos convicto de sua decisão quando ouviu um outro companheiro de treino comentando que o Lucas estava no hospital, mandaria notícias assim que descobrisse a causa do mal-estar.

Todos concordaram que não devia ser nada sério. Lucas era forte e saudável, o mais provável é que tivesse comido algo estragado, só podia ser isso.

Mas Lucas não deu notícia por uma semana e essas certezas desapareceram.

Júlia teve uma conversa com o filho no dia seguinte

ao sumiço de Lucas. Coincidência ou não, a conversa veio em um momento importante, sem ataques, sem barreiras levantadas. Era apenas a mãe que notara o filho quieto demais e desanimado, sem a agitação costumeira dos últimos tempos.

Querendo evitar o assunto sobre a academia e, principalmente, o fato de estar contrariando sua mãe e consumindo o suplemento às escondidas, Felipe acabou falando de Michelle, da falta que sentia dela, e no meio do desabafo, queixou-se da dor forte no ombro, que aparecera havia uns 15 dias. Normalmente não se abriria com a mãe daquela maneira, mas... Às vezes agimos de um jeito que não compreendemos, não é mesmo?

E Júlia soube valorizar essa aproximação de Felipe. Ouviu em silêncio e segurou firme sua curiosidade e sua vontade de dar opiniões, que eram muitas. Agiu como amiga, segurando a fera protetora lá dentro do peito.

Para as dores dos sentimentos, a mãe lhe deu cafuné e aconselhou buscar uma conversa com a Michelle, não desistir tão facilmente se ela fazia tamanha falta. Para as dores do corpo, Júlia agendou uma consulta com um ortopedista, para a tarde seguinte.

...

Passar pelo médico foi mais simples que conversar com Michelle.

 Faria alguns exames, mas a suspeita era de que as dores se deviam ao excesso de treino. O corpo não tinha o tempo necessário de descanso para se recuperar. A ideia de ser proibido de ir à academia todos os dias reacendeu os fantasmas que assombravam Felipe, mas o médico recomendou que evitasse treinar pesado nos próximos dias, revezasse os grupos musculares para não exigi-los dois dias seguidos, fizesse compressas no ombro e passasse a ouvir os recados do corpo, porque nem todas as lesões podem ser tratadas facilmente. Não receitaria medicamento até ter os exames em mãos e ainda fechou dizendo que a dor seria uma boa companheira nos próximos dias, impedindo-o de fazer besteiras.

 Ouvir tudo isso não foi muito animador, mas Felipe até que encarou a situação com calma e maturidade. Claro que essa verdade só era verdadeira se desconsiderarmos os palavrões que passaram por sua mente enquanto estava na consulta, e depois também.

 Agora, Michelle visualizar suas muitas mensagens e não responder detonou seus nervos. Não há maturidade que persista em uma situação assim. Concluiu que deveria ir até a casa dela para uma conversa séria, mas encontrou com Mara no elevador, depois de uma visita à Aline. Os dois foram para a sorveteria em frente ao colégio e conversaram longamente.

Mara estava animada com o progresso de Aline. Continuavam a se falar todos os dias. Se não ia vê-la pessoalmente, conversavam em demoradas ligações ou em trocas infinitas de mensagens.

– Ela tem ciúmes do Thiago, acredita?

– Isso é a cara da Aline... – Felipe respondeu, rindo.

E essa conversa levou Felipe a abrir seu coração e a contar tudo para a amiga. Falou da consulta com o ortopedista e, principalmente, sobre a briga que tivera com Michelle.

– Cara, até eu pensei que você ia diminuir essa rotina absurda de treinos agora que está namorando...

– Estava namorando... a Mi terminou comigo.

– E você acha que ela está errada? Você não tem tempo nem para visitar a Aline, que mora no mesmo andar que você.

– Isso não é verdade! A Line tem evitado minha companhia...

– E você tem evitado uma aproximação.

– Não concordo.

– Olha, Lipe, a Aline está parecendo bicho selvagem

acuado. Comigo também foi assim. Ela não me queria por perto. Quer dizer, queria e não queria. Ficava escorregadia, agressiva às vezes... mas eu insisti, entende? Eu mostrei a ela que estava ali, de verdade. E você?

– Tenho sido o anjo da guarda dela!

– Que horror, Lipe! Pelo o que ela me contou, você está mais para vigilante das trevas, seguindo-a por todos os cantos, vigiando de longe e nunca chegando perto para, pelo menos, perguntar como ela está.

Felipe calou-se. A imagem que fazia de si mesmo e de seu papel nessa amizade nem de longe aproximava-se do que Aline percebia.

– Esse é o momento em que ela mais precisa de nós, Lipe. E ela não precisa de um vigilante das trevas, nem de um anjo da guarda. Precisa de amigos.

– Quando você volta para visitá-la?

– Depois de amanhã.

– Posso ir junto?

– Eu passo na sua casa antes – Mara sorriu e retomou a conversa sobre Michelle. – E sobre a Mi, o que você pretende fazer?

– Pedir sua ajuda? Eu acho...

Ela riu alto:

– De cupido eu não tenho nada, né, Lipe? Mas posso

falar com ela hoje e dizer que você quer conversar.

– Você é a melhor amiga do mundo!

– Sem exageros, Lipe. Somos trigêmeos, lembra? Somos irmãos! Mas cara, falando sério, não vai adiantar nada tentar consertar as coisas se você não repensar o que é importante de verdade.

Pela cara do amigo, Mara soube que ele não tinha entendido:

– Se a Aline e a Michelle são importantes de verdade, você precisa abrir espaço para elas em sua vida. Entende? Não dá para esperar que a Mi compreenda que ela vem depois dos seus infinitos treinos.

Ele continuou quieto.

– Por que não aproveita essa dor no ombro para voltar a treinar como uma pessoa normal e não como um viciado em exercícios? Tá na cara que você anda exagerando e exageros não levam muito longe. E como essa conversa virou um monólogo, fui!

– Não, Mara, espera. Estou ouvindo tudo o que diz.

– Preciso ir mesmo. Vou passar lá na Mi para cumprir a missão que você me deu e, depois, tenho passeio de bike combinado com o Thi.

– Ah, você não pedala mais sozinha? Não era seu momento de ouvir música e pensar?

– Ainda faço isso, mas acompanhada – e sorriu.
– Manda notícias depois de falar com a Mi?
– Com certeza. Tchau, Lipe!

• • •

Não foi Mara quem deu notícia no fim daquela tarde. Felipe recebeu a mensagem de Michelle, marcando uma conversa para o dia seguinte, no shopping, bem no horário do treino. Pensou em escrever pedindo para se encontrarem mais tarde, mas lembrou-se do que ouvira de Mara e apenas confirmou o encontro. Michelle era importante para ele e teria espaço em sua vida, sim. Estaria lá. Respondeu e sentiu-se quase um herói.

A sensação perdurou até o encontro com a namorada que, ao contrário do que esperava, pretendia continuar sendo ex:

– Só vim porque a Mara insistiu... – falou ao desviar-se do beijo que Felipe tentou lhe dar.

A conversa foi difícil e, pela primeira vez, Felipe ouviu o que Michelle tinha a dizer. Ela falou como se sentiu quando ele não apareceu na festa de aniversário de seu irmão, de como pretendia apresentá-lo a seus pais e de como se sentiu ridícula ao explicar que ele não vinha porque iria treinar.

— Meu pai perguntou se você era atleta, se treinava para algum esporte e eu respondi que não. Aí minha mãe disse: Mas treinar em um sábado? Ele não podia faltar? E eu chorei, Lipe. E você sabe que essa não foi a única vez. Nem nos encontros dos Buscadores você tem ido, Lipe.

Ele respondeu que sentia muito... e realmente sentia. Felipe se abriu, de verdade. Disse o quanto era feliz por ter uma garota linda apaixonada por ele. E o quanto isso o deixou inseguro, também. Queria estar cada vez melhor, queria garantir que Michelle continuaria apaixonada, queria ter certeza de que merecia toda essa admiração. A intensificação dos treinos nas últimas semanas se devia a isso também. Não podia perdê-la.

Felipe estava disposto a fazer de sua história um romance perfeito. Pena que Michelle não estava.

Ela não engoliu aquela conversa de que tudo era por ela. Achou que era pela vaidade dele, na verdade uma mistura de vaidade e insegurança. Gostava dele, mas percebia que gostava mais da ideia que fazia dele: uma cara forte, decidido, mais parecido com o guerreiro que criara para as aventuras de RPG do que com ele próprio. E ela falou tudo isso e foi embora logo depois, deixando um Felipe despedaçado para trás.

MARA

CATANDO CAQUINHOS

Penseira, hoje cheguei animada na casa do Lipe, mas a animação se estraçalhou em mil pedacinhos quando encontrei meu amigo se arrastando. Ele contou sobre a conversa que teve com a Mi e, penseira, não consegui ficar do lado dele.

Eu sei... é meu mano, meu amigo amado, mas é um vacilão também. Está certo que achei cruel a Mi ter falado tudo assim de uma vez, mas ela não disse nenhuma mentira. Não tem como negar que a insegurança do Lipe e essa obsessão por definir os músculos já encheram a paciência de todos. Faz tempo que eu disse: infla os músculos e murcha o cérebro.

Bem, tentei não falar isso para ele. Fiquei quieta só ouvindo e tenho certeza de que minha cara gritava tudo o que eu estava pensando porque uma hora ele parou e ficou me olhando, olhando muito mesmo. Aí disse:

— Puxa, Mara! Você tá do lado dela?

— Eu??? De onde você tirou essa ideia? Eu não disse nada, tô quieta aqui.

— E precisa falar? Tá estampado no seu rosto.

— Bom... é que...

E tivemos uma conversa bem honesta. Foi difícil, mas foi preciso. O Lipe sabe o quanto eu gosto dele e reconheceu que muito do que ouviu da Mi já tinha ouvido de mim nos últimos meses. Quer dizer: ouviu, mas não ouviu, porque ele tem uma imensa capacidade de filtrar e ouvir só o que interessa.

Bom, acho que quase todo mundo age assim. Não é?

Mas uma hora esse escudo quebra, e a Mi conseguiu detonar a proteção do Lipe. Ele está moído! Pensa em um copo em cacos... é o Lipe.

Acabei por ser sincera. Como sempre. Falei para o Lipe que ele é tudo aquilo que a Michelle idealizou, mas também é inseguro e bobo. Muito bobo. Eu sei o quanto o *bullying* que ele sofreu quando era obeso tem um peso nas decisões que toma hoje em dia. Acontece que não dá para ele permitir que esse problema controle a vida inteira dele.

— Lembra que eu brigava com você toda vez que se comportava como o bobão e entrava no jogo deles? Você nunca falou para que parassem, nunca enfrentou. E quando eu comprei a briga lá no sétimo ano, você e a Aline ficaram contra mim. Disseram que eu não sabia reconhecer brincadeiras... Nada daquilo foi brincadeira, Lipe.

— Eu sei...

— Machucou tanto que você ainda colhe os frutos. Eu sinceramente acho que você precisa encarar o psicólogo de que sua mãe tanto fala. Só assim vai conseguir retomar esse lance com a Michelle.

Depois de tudo isso, achei que iria sozinha ver a Aline, mas o Lipe quis me acompanhar e foi ótimo. Quer dizer, no início não foi, não. Era como se a gente estivesse engessado. Nenhuma conversa mantinha um ritmo gostoso. Foi assim até que eu resolvi contar do tombo que levei de bicicleta porque eu e o Thiago tentamos nos beijar enquanto pedalávamos. Rimos juntos e começamos a contar pequenas coisas nossas... Aí, depois, passamos a falar das grandes coisas, das boas e das ruins, que machucam... e éramos os trigêmeos de novo. Meio esfolados, mas éramos nós.

ALINE

LENTIDÃO

Hoje, a música que ouço sem parar não é de nenhuma das bandas que me acompanham no dia a dia. É da Mara, cantando sozinha com seu violão... E a música me mostra que ela me entende muito mais do que demonstra. Acho que quando a gente pensa demais para falar, acaba não controlando tudo o que passa pela cabeça, aí saem pela boca coisas que a gente nem esperava.

Mas quando a pessoa consegue falar por música, igual a Mara, é muito, muito, muito diferente.

Sinto o mundo quase parar
Enquanto essa dor só faz crescer.
Me sinto inteira grãos de areia
Soprados pelo vento ao anoitecer.
E eu não sou o que queria.
Mas afinal, o que eu queria ser?
Espelhos
O que refletem?
Espelhos

Não entendo o que vejo.
Espelhos
Essa imagem não cabe em mim.

Não, não cabe.

Tem dias em que estou bem. Tem dias em que estou mal. E só posso aceitar essa lentidão. É bom poder contar com a Mara e, agora, com o Lipe. Assumo: é bom poder contar com a Meire também. Eu não acreditava que uma psicóloga pudesse me ajudar de verdade, mas tem ajudado, sim. E tem coisas que eu só consigo falar para ela... tipo eu continuar a vomitar. Isso eu não consigo contar para a Mara ou para o Lipe. Eu sei que me faz mal. Não preciso ouvir alguém falando isso. É mais fácil falar sobre essas coisas com a Meire. Sinto como se ela conseguisse pegar todos os meus grãos de areia para me ajudar a remontar o quebra-cabeça de mim mesma.

Nossa! Ficou bonito isso... Quem sabe eu também posso escrever uma música tão linda quanto essa da Mara?

Nahhhh.

Meu talento não é esse, não. Meu talento é mais interpretar o que os versos e as canções falam. Isso... sou uma excelente interpretadora. Será que existe essa palavra? Bom, se não existia, agora existe.

RECOMEÇOS

O tempo passou e foi trazendo pequenas mudanças nas vidas dos trigêmeos, levando embora o que não servia mais e apresentando novas realidades. Ao longo do segundo semestre, coisas boas e coisas não tão boas aconteceram com Mara, Felipe e Aline.

Demorou pouco mais de uma semana para Felipe descobrir o que acontecera a Lucas: um problema no fígado, bastante sério, o debilitou a ponto de fazê-lo parar de treinar por meses. O comentário geral era de que ele colhia o resultado dos anos consumindo tantas substâncias e envenenando o corpo. Felipe sentiu que o julgamento da galera era bem injusto e mentiroso, já que vários ali seguiam pelo mesmo caminho de Lucas.

Foi aí que ele decidiu seguir um rumo diferente. Voltou a procurar o treinador Gérson e conversou abertamente com ele, falando sobre as adaptações que fizera nos treinos, seguindo recomendações do Lucas, e sobre as dores fortes que vinha sentindo.

Gérson não se zangou, apenas perguntou se ele estava realmente a fim de consertar a situação. Ao ouvir o compromisso de Felipe, se dispôs a ajudar, equilibrando o treino e até recomendando exercícios que contribuiriam para a recuperação da lesão do ombro.

Não foi fácil, mas Felipe se conteve e se adaptou às recomendações dadas por Gérson. Em semanas, a dor no ombro sumiu e, com o passar dos meses, ele confirmou que o treino recomendado era o suficiente para manter e até melhorar a boa forma.

Com menos tempo na academia, Felipe não perdeu mais nenhum encontro dos Buscadores da Terra Média e, como diz aquele ditado: água mole em pedra dura... Tanto insistiu que quebrou as resistências de Michelle. No final de agosto voltaram a namorar, mas dessa vez ele teve de pedir autorização aos pais dela, em um almoço de domingo com a família reunida!

Situação estressante, mas merecida, como avaliou Mara.

Mara e Thiago continuaram apaixonados e fazendo tudo juntos. Até beijar enquanto pedalam eles aprenderam, e desenvolveram altas técnicas... Antes mesmo do final da primavera já estavam craques nisso.

Mara participou do concurso de bandas e não ficou entre os finalistas. Isso detonou uma briga feia no grupo. Precisou encarar a realidade de que já não havia sinergia suficiente entre ela e os garotos da banda e acabou por sair do projeto. Isso aconteceu em outubro e, pouco depois, ela formou uma nova banda de rock apenas com garotas que participavam das aulas de música da Associação, a Eternal Silence, que de silenciosa não tinha nada. A banda nasceu autoral e Mara deixou para trás os covers que fazia bem, para fazer melhor seu próprio som. O tempo livre era escasso e ela tentava distribuí-lo entre amigos, família e namorado. Claro que nem sempre todos ficavam satisfeitos, mas Mara não buscava a perfeição. Só queria ser feliz. E, na maior parte do tempo, foi.

No final de novembro, percebeu uma mudança sutil no comportamento de Aline. Por meses, ela tinha reagido bem ao tratamento, chegou a recuperar alguns quilos e não passava o tempo todo dizendo estar imensa. Quase já não falava sobre as meninas da internet e, aos poucos, parecia reconstruir uma imagem real de si mesma, começava a enxergar a Aline verdadeira ao se olhar no espelho.

Isso não foi fácil. Como doeu ver a menina magra e sofrida no seu reflexo! Doeu muito perceber o que tinha feito a si mesma.

Demorou, mas assumiu que estava doente, que não tinha o controle da situação. Dali em diante, Mara chegou a acreditar que a amiga se recuperaria, mas algo mudou, de uma hora para outra...

Em novembro era apenas uma intuição, uma sensação.

Em dezembro ficou claro que os pais de Aline levaram a crise no casamento para outro nível. As brigas se intensificaram, e decidiram dar um tempo para avaliar se deveriam optar pela separação. O pai dela foi morar em um flat, a mãe não escondia a depressão. Aline não estava inteira, ainda era toda grãos de areia. Ruiu.

Mara notou que a amiga continuava a falar sobre o que a incomodava, mas não tocava no assunto da terapia ou dos distúrbios alimentares. Mara sabia, sem conseguir explicar como, que Aline tivera uma recaída. Tentou conversar com ela, não adiantou.

Em menos de um mês, perdeu os poucos quilos que ganhara, e Mara desconfiava que ela estava ainda mais magra que antes do diagnóstico.

Aline fazia questão de demonstrar que estava bem, feliz consigo mesma e não assumia que, na verdade, sofria. Sofria muito. E buscava conforto nas antigas amigas da internet. Como não podia falar com elas de casa, procurava um cibercafé ou qualquer outro lugar em que pudesse se conectar sem vigilância.

Jejuns e vômitos tinham voltado com mais força ao seu cotidiano, e isso ela não contou nem para a psicóloga, com quem as conversas agora giravam em torno da separação dos pais.

Mara percebia o que estava acontecendo, mas não encontrava o caminho para aproximar-se da amiga e fazê-la assumir a realidade.

• • •

Foi Felipe quem deu a ideia do presente. Foram juntos escolher e juntos levaram o pacote para Aline, que abriu o embrulho desconfiada da cara arteira dos dois.

Um pijama com o desenho de uma garota sorridente acompanhado da frase "Sou linda e fofa!" fez Aline rir.

– Sempre soube que vocês pensavam isso de mim! – falou, e os três riram.

E, no meio da risada, Aline começou a chorar. Os dois a abraçaram e repetiram muitas vezes que estavam ali, com ela, e sempre estariam.

Aline vestiu a camiseta do pijama por cima da roupa e não tirou mais. Ganhou mais abraço, muito cafuné e só voltou a falar bastante um tempo depois:

– Vocês sabem que eu não estou bem, né?

– A gente sabe... – Mara respondeu segurando sua mão esquerda, enquanto Felipe segurava a direita.

Entre momentos de silêncio, Aline falou algumas poucas frases, poucas mas intensas.

Ela contou a eles tudo pelo que estava passando e assumiu que não sabia se conseguiria se curar totalmente. Revelou que estava enfrentando uma recaída e chorou muito quando falou sobre isso. Contou das dores que sentia na garganta, de como tudo queimava, do gosto horrível que não saía de sua boca, do mal-estar, da canseira...

Aline abriu seu coração e assumiu o que era mais difícil para ela: não tinha controle algum sobre a situação.

Apesar de o problema ser enorme, Felipe e Mara perceberam que podiam, sim, reconfortar a amiga e fazê-la entender que estariam ao seu lado, ajudando-a no que precisasse.

Depois desse dia, ela não sentiu mais a necessidade de esconder sua verdade de Mara ou de Felipe. Sabia que eles a compreendiam, de um jeito só deles, recheado de carinho.

Ela tomou coragem e conversou com os pais e com a psicóloga. Seus pais perceberam o impacto que tiveram na vida da filha, mas isso não garantiu que mudassem de atitude por muito tempo.

Mas Aline seguiu firme em seu processo de fortalecimento e, nas férias de janeiro, os três retomaram alguns programas de que tanto gostavam no passado, como os passeios no shopping, as sessões de cinema e o bate-papo na sorveteria.

Em muitos desses dias passeavam os três, mais Michelle e Thiago.

Em alguns outros, eram apenas os trigêmeos... e esses eram os dias preferidos de Aline, que continuava a ser a criatura mais ciumenta do mundo!